U0854694

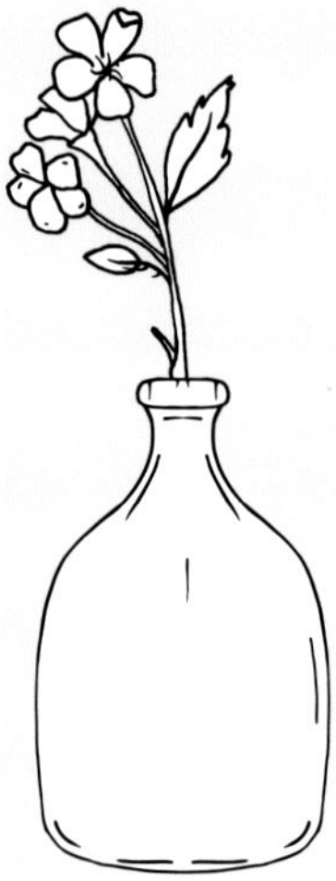

家门口的四季

康素爱萝——著 / 摄影

GUANGXI NORMAL UNIVERSITY PRESS
广西师范大学出版社
·桂林·

序

几年前，我疯狂地迷上儿童绘本。慢慢地，开始关注鼹鼠家小土堆边上生长的蒲公英和野甘菊，开始留意彼得兔住的冷杉树和采摘的黑莓子，还有麦克格莱高先生家阳台上的天竺葵，开始想知道，绘本扉页上画的那些好看植物叫什么名字。读着安房直子的童话，想着染蓝狐狸手指的桔梗花，想着雪之下、胡枝子、八角金盘到底长什么模样。上网去寻找答案，误打误撞进了豆瓣的“自然笔记”小组，结识许多认植物的高手，看着大家试着记录自己所在城市的物候变化。

在大家的热情熏陶下，我开始关注自家小区的绿地、上班路上的隔离绿化带和妈妈家的小菜地……开始试着去观察一天天变化的自然现象，试着把它们用文字记录下来，用相机拍下来。起初只是关注植物的萌出、生长和开花，慢慢地开始留意日出的时间、光线的变化、月亮的圆缺，还有早市上蔬菜水果的种类、鸟虫留下的只言片语……我尽可能地记录、描述着家门口的那一小片儿自然世界。日记的主人公就是土地和草木、季节和食物，当然还有个人的生活点滴、唠叨和情绪、回忆和梦想，当它们与不同的植物、昆虫、小鸟和天气相遇，竟也变得生动有趣起来。

这里记录和拍摄的花草树木几乎都出自我家周围一平方公里内的地方。没想到自己能坚持下来，繁华的都市，忙碌的工作，总是有些事情吸引了我的注意力。当我试着去留意和寻找时，才发现原来自己的身边竟然生长着这么多种类的植物，生活着这么多忙来忙去的小鸟和昆虫。只花了短短一点时间，只是刚刚走出家门，就能找到一个充满惊喜的“自然乐园”。这时候需要做的只是观察和聆听，你会发现自然界里最耐人寻味的东西不一定要在遥远的地方才能找到；你会发现很多新鲜事，即使是在城市里；你会把很多难忘的花草见闻和季节口信带回家，那是些久未拥有过的美好和快乐。

目录

春

夏

秋

冬

气象上入春的定义

连续5天平均气温稳定≥10℃的第一天为春季的开始日期

连续5天平均气温稳定≥22℃第一日的前一天是春季的结束日期

沈阳一般在每年的四月中旬入春

春

春雨下了整整一日，
直到第二天清晨，天空终于转晴。
太阳也偶尔晃出迷雾般的云烟，
洒下屡屡晨光。
鸟儿在枝头叫得欢畅，
啾啾、啾啾、啾啾啾啾、啾啾。
植物听着，也乐得合不拢嘴了，
露出各种颜色的小门牙。
空气变得湿润了许多，
更多的植物芽叶钻出地面，
树上的花蕾越加清晰可见。
只等着一夜春风，便齐齐灿然盛放。

草木历。

春

初春时节，错落有致、别具风情的荷包牡丹。

立春盼飞雪，雨水暖芳华

过了立春，天气不见回暖，寒冷依旧。窗台上，一盆青绿的胧月从肥厚的叶片间探出了一枝鲜嫩的花苞，妈妈节前送我的一盆马蹄莲也开花了。马蹄莲是我一直都很喜欢的花，鲜绿的叶片，青厚水嫩的花梗高出叶丛，奶黄色穗柱状花蕊被洁白的漏斗形佛焰包裹着，一边儿还微微向后翻卷着。如此别致的花形总是让人满心喜欢，有年生日，爱人送了一束青梗马蹄莲花，竟是记忆里最念念不忘的礼物。

马蹄莲花还没凋，巴西鸢尾如秧歌舞者手中扇面一般披拂的叶丛中一下子窜出六七枝花箭来。这花每年都开，不过

料峭的北国早春。

▼

▲
巴西鸢尾。

三两朵，今年只是应时浇水竟有如此回报，自是惊喜，又有那么点小小的愧意。如此慷慨大方的花儿，却生得一点也不粗放，苞片如丹顶鹤的长喙，衔出一朵纤巧花蕾，清晨时分，刚刚还饱满如小荷尖尖角，眨眼之间就绽开了，三片白色花瓣向外翻折，带着珍珠的光泽，三瓣蓝紫色的，描着白色的细条纹，直立内卷如蝴蝶迷人的翅膀。当中的花蕊亭亭如花台上的线香，凑近了，是淡淡的惆怅，不待日暮时分就花瓣内卷掩面而去的惆怅。

雨水翌日，盼了七十七日的雪花终于开了，从午前的纷纷霏霏到午后的洋洋洒洒，槭树一串串蝶形种子、灯笼树上的灯笼果都覆了一层薄冰，枝条上的雪越积越厚，园子里植物一片寂静，水柳儿的枯枝、土黄色毛毛狗儿丛、苘麻的青黑色果实，栅栏上攀附着牵牛花的枯蔓，几个小铜锤样的苞片保护着还没风干的花籽。万物皆在这漫天风雪中沉默不语，仿佛春天不会再来。

雪后初霁，曙光冉冉。屋檐上长长的冰凌先化了，雨点一下下滴落下来，开阔处的雪野晃得人睁不开眼。和孩子一起在运河边的小树林里散步，树枝上的雪开始融化，银光闪闪，落在荒草丛上素色羽毛一样的雪也化了，干枯了一冬的植物都变得湿漉漉的，颜色也由酒黄变成了深茶色。林子里小路上的雪一踩上去就开始消融，露出了藏在雪被下面的琥珀色皂角荚。树影奇崛、蓬草漫卷的暗影映在宣纸一样的雪地上，如水墨画一般，古意盎然。运河上游尚冰雪漫漫，下游的冰面开始消融，断裂开的冰片在水面浮游、打转儿，裸露的沙地和石岸边，三五成群的秋沙鸭在水面嬉戏，人们见面都喜不自禁地打着招呼：今天的日头真好！今天真暖和呀！

是呢，今天真暖和，春天开始在往这儿赶，孩子却嫌春天来得太晚，随着渐升渐宽的肩膀一下子蹿高了十厘米，以前打雪仗时，我追得他无处闪躲，

松针上的冰凌，在阳光下晶莹剔透。◀

现在却是我怪叫着落荒而逃。“下雪后的大晴天就是打雪仗、堆雪人的日子，不做这个真是顶顶痛苦的事了。”这是孩子的哲学，倒是说到我心坎里去了。和孩子一起躺在雪地上扮天使，开心得想抱起吉他唱首歌，看到河边的柳枝在微风中变得柔软，就开始想象着四月初的柳芽，美得胜过世上各种花。

白雪嫌春晚，穿庭作飞花。淡烟低衰草，唯觉树枝繁。

惊蛰初雨降，春分草芽萌

惊蛰翌日，下了今年的第一场雨，细如花丝，静静下了半日，慢慢变作了雪针。比起仲冬时分的北风呼啸、雪花如席，这落雪无声的世界像极了童话仙境，先前的冻雨给树枝上一冬未落的枯叶嵌了各种形状的水晶相框，松树落了雪，变成了灯光闪烁的圣诞树，嶙峋的杨树干落了雪，仿佛穿上了银光闪闪的铠甲，总是看不够小路边落满雪的木头长椅和自行车，院门口落雪的石狮子，威武庄严里生出了几分俏皮可爱。

接着便是平风无浪的晴日，枝头的雪正在消融，偶尔会扑簌簌地落下来。麻雀成天价欢聚在金银木丛间聊天，叽叽喳喳地抱怨着春天怎么还没来。灰喜鹊结队在树林间飞舞，其中一对在高大的白杨树枝头对唱着，喃喃细语，平时单调响亮的叫声此刻变得异常柔和。积了一冬的雪堆全部变成灰色，出现蜂窝般的小洞，草地上的雪融化得更快，在低洼处润成这一块儿那一块儿的大水晶。公园里，孩童在大人的引领下蹒跚学步，老人们一边下棋一边晒着太阳。

春分未至，一股强劲的寒流来袭，大风把刚落下的雪沙追得四处乱窜，刚脱下的大衣围巾棉帽子这会儿不得不全部武装起来，今天的春天仿佛在跟你捉迷藏一样，刚拽住了她的衣襟却一不小心就被她跑掉了。

但是春天的预兆还是一点点被发现，冬季青白色的天空慢慢变得越来越蓝，太阳出现的时间越来越长，阳光正从客厅搬向窗台，朝西北的窗子又可以看到夕阳了。天气很冷但阳光灿烂的日子，泥土最先感知阳光温度的变化，正从坚硬如石慢慢变成了正在融化的黑巧克力。看似不动声色的鹿色草场，虽然还看不到葶苈、附地菜的踪影，但如果你蹲下来仔细瞧瞧就会发现枯草

沉默却倔强的点点新绿。

根下钻出来的，尖尖的小嫩芽。

陪妈妈在河边散步，偶尔可以听到大斑啄木鸟欢天喜地的擂鼓声，还发现一对喜鹊把窝搭建在高压电传输塔上，这会儿正忙着装修改造，准备迎接四月新生命的来临。雄鹊叼来一截枯树，雌鹊在巢内鼓捣一气，然后又飞出巢外，有板有眼地雕琢起来，而雄鹊则高高在上冷眼旁观，看来爸爸只是个搬运工，妈妈才是总设计师。运河公园里的一处仿古庙宇，停了一冬，这会也开始忙着架梁上瓦了。

放眼望去，四下还是一派荒寂的冬景。然而，日渐明亮的春光正在慢慢地充满每一个角落，空气开始变得暖洋洋、湿漉漉的，树木、田地、孩子和鸟，还有从正在消融的河水里探出头来的鱼儿都在耐心地等着，全心全意地等候着春天的到来。

我们一点也不担心，因为春天从来都不会失约，她正在枯草、枯叶、枯枝之间，悄悄萌动。

轻寒薄暖天，草芽一时生，春衫试年少，街头一字行。

◀
消融的残雪与枯叶之下，藏着葶苈的小嫩芽。

河岸边的草地一片寂寥，但如果你蹲下来轻轻拨开厚厚的枯叶，就会发现蔊菜的小嫩叶。

▶

枯瘦残叶与蓬勃新芽。

▼

清明鸟啼处，谷雨润如酥

正担心今年的物候要比去年推迟一个星期，气温却像坐上过山车一样窜到了零上十五度。三月份的最后一天，晨光中发现了今春第一只黄褐色带黑色斑点的豹纹蛱蝶，飘飘摇摇的，像被春风扬起的一小张彩色纸片。随着积雪的消融，园丁们开始忙碌起来，草地上、灌木丛下积了一秋一冬的枯枝树叶、荒草根儿都被一把把爬犁挠在一起沤肥了。在春光的召唤下，残雪枯叶下偷偷发芽的葶苈和附地菜，这会儿都舒展着至少三四层鲜嫩叶片，在湿乎乎的土地上这一片儿那一片儿地涂鸦着新绿。屋子前面的一畦菜地，小葱、韭菜的小芽叶也一眨眼就齐刷刷钻出来，不过比去年晚个三五秒钟的样子吧。

四月中，萱草、石碱花花芽。

▼

一朵毛绒绒的蒲公英，不知冬天曾被冰封在哪儿，这会儿终于被春光解救，挣脱了长久的禁锢，于晴朗无风的晌午幽幽然窗前飘过，让站在窗前的我惊诧不已。

清明前又下了一场清雪，气温复降至零下六度，果真是乍暖还寒时分。植物们却候着时令，不动声色地变化着，丁香的对生花苞越来越饱满，连翘花的长枝条开始萦绕着淡淡的明黄，杨树枝上挂满了银灰色的小棉桃。宿根花草纷纷派出最胆大的小家伙们钻出地面来打探春信，有鸢尾、马蔺油绿的叶片，有芍药、百合、荷包牡丹红玛瑙色的鲜嫩芽苞……

▲

白花蒲公英。

最先盛开的永远是葶苈细碎的黄色小花束，接着是紫花地丁羞答答地晒起紫色蝶衣，当然只有对春天格外敏感，愿意蹲下来在草地里寻找春天的人才会发现它们绽开的小花朵。接着悄悄开放的是榆树红褐的小花，还有杨树一串串浅咖啡色的长花穗挂满枝头，春风可以自由自在地在枝丫间游戏，卷起我们看不见的金色花粉。更多的人认为连翘那一弯璀璨的鲜黄色花枝才是真正的迎春花，接着一树树的桃花开了，水粉色的先开，白玉色也一朵跟着一朵次第绽放，午后阳光里，桃花瓣明净映透，发现一只白粉蝶蹁跹地飞过院墙，在阳光里晒干银光闪闪的翅膀。这会儿终于可以放心地去洗衣店洗棉服和羽绒服了，棉线帽子和手套也用竹夹子夹着，晾晒在阳台上。菜园里清明时种下的小白菜、小菠菜、小茼蒿种子已经钻出地皮，露出一簇簇的嫩芽，谷雨前又忙着播种了黄瓜、芹菜、豇豆、荷兰豆。

在我们这里越冬的赤麻鸭们都飞往更北的地方去了，准备在这儿夏令营的鸟类，像家燕、柳莺、蜡嘴雀什么的都飞回来了。春天的季风也跟着来了，西南风最大时竟达到七八级。妈妈说：风三儿，风三儿。是说春天季风一旦吹起来，就要吹满三日，老话儿真神，这风可真是今儿个刮，明儿个刮，后儿个还刮。外出时被风裹挟着从木头桥上飘过，看见几只燕子像春天放上天空的风筝，在狂风中上下翻飞，惊声鸣叫，从清浅的河塘上空掠过，忙着衔泥筑巢，一只大喜鹊叼着一根长长的树枝卖力地从蓝色天空中掠过。

▲
四月下旬，沾衣欲湿杏花雨。

还好，谷雨来了。大风终于累得停下来，细细的雨丝似有还无的，下了一天一夜。次日清晨依然没有停下来，天色却仍明亮。断流的运河终又流水淙淙，青青的河面，雨花溅起浅浅的涟漪，倒映着两岸垂柳的柔枝，春花烂漫，一切都在静静地生长，静静地开放。

桃花伴着细雨一瓣一瓣落在不远处的松树枝上，桃枝上的叶芽却也跟着钻出来。杨树的嫩叶油亮亮的，榆树的叶子生得小清新，皱巴巴的却被乌黑的细枝条衬着，绿得惹眼。荒草地被越来越多的植物叶片占满了，荠菜、苜蓿、蒲公英、附地菜、车前子，还有洋铁叶酸模……青翠的色彩跟着雨丝一路飘荡飞舞，终于把长长的冬天彻底赶跑啦。

谷雨杏花开，妈妈和孩子一起在六年前种下的三棵杏树，今年开得格外繁盛，芳菲四溢。成千上万的花朵同时吐露花蕊，本来香味会十分浓烈，却被蒙蒙烟雨浸润，化作淡淡的幽香。一个人伫立在树下，花影重重，水气迷漫，醉得不知身在何处。真不敢说是赏花，只当是每年一次的旧友探访，从心底里赞上一句，你真美呀，美得让人忘了不停流逝的时光和青春。

有位长者跟我一样在微雨的清晨散步，缓缓地走着，旁若无人地哼着京戏。几位白头发的叔叔阿姨站在花树下，打着伞唱着民歌。一个披着雨衣的瘦老头一手拎着菜筐、一手牵着一只短毛小黄狗兴冲冲地奔向菜市场。三五个钓鱼的人聚在风平浪静的渡口旁或桥墩下，小声地聊天，安静地等待鱼儿咬钩。

春雨初歇，天悄悄放晴。越来越深的绿色烟雾笼罩着草地和树木，更多的花开啦！樱桃花、榆叶梅的繁花密蕊引得昆虫们从睡梦中醒来，拍下来的花朵照片里总会不经意出现蜜蜂、瓢虫的小身影。小蠓虫也出现啦，一团团地在空中旋转，跳着没什么章法的舞蹈。还没睡醒的苍蝇也出来透透风，虽然没什么精气神，但嗡嗡地围着你转悠讨人烦。柳花也开了，柔软的枝条被无数毛茸茸的鲜黄色小绒球点缀着，一副兴高采烈的样子。只有在这个时候，飘渺如烟的柳树才呈现出它少有的俏皮样子。

四月中，荷包牡丹、芍药（右一）的花芽。

▼

这个时节，一定不要贪睡啊，因为午夜时分，夜空就会换上一大块幽蓝幽蓝的天幕，星星也不知被谁擦得亮晶晶的。如果运气好，还可以在东南方向看到美丽的土星光环。这个时节，一定要早起啊，早晨的阳光真的像母亲的手轻抚着大地万物，枝间还有黄眉柳莺时不时地婉转鸣唱，如果运气好，还可以体会“沾衣欲湿杏花雨，吹面不寒杨柳风”般的诗境。

春天是大自然的节日，而春天的早晨是大自然给我们最好的节日礼物。扰攘喧闹、车水马龙的都市，总是能有这样的一隅，让春天驻足。万物正在苏醒、生长、绽放，只要你愿意停下那么一小会儿，好好打量。因为每天都会发生很多事情，很多变化，多得你来不及记录，来不及发现。

草长莺飞放纸鸢，霏霏雾雨杏花天，携手踏青黄昏后，小立闲庭待燕还。

立夏鹅毛稳，小满绿荫长

谷雨后，是乔木、果木、灌木们开花散叶的日子。李花、梨花、长柄樱桃花绽开雪白花瓣，苹果花开得要比它们晚上三五天，而山楂花则酝酿得更久，要等到小满前三日才幽幽扬起五片皎白的帆。朴树、槭树科的树木们叶片嫩绿，叶形也别致，衬得那一串串细碎的浅绿花朵要仔细寻找才能发现。运河边的一条小路两旁种着稠李树，此时已开出一树的花影婆娑。栾树、槐树、银杏、皂角树光秃秃的枝条上刚刚钻出新叶芽，白杨树早抖落了一树毛茸茸的杨花，换上一身翠绿的新衣，三人合抱的老杨树启芽最晚，叶芽是醇厚的酒红色。灌木丛里正是榆叶梅的天下，万千枝条上都是密密匝匝的花团，从淡粉、粉红，到玫红、紫红，开得人心里亮堂堂的。

四月二十六日的清晨，淡银色的雾滃滃蒙蒙，窗子对面的大树只是一抹淡淡的青影。走在雾中的感觉很奇妙，像薄的纱幕，轻抹漫掩着把天地融成一片。雾中人影、花影、树影都隐隐约约的，悦耳的鸟鸣像是从天上飘来的梵音。喷雪

▲
左：洋槐花和戴胜。右：荷包牡丹。玲珑粉嫩的心形荷包会在一天后变身为一只萌态可掬的小海龟。

花在这淡淡的雾气中悄悄开放，花瓣被雾雨润成了晶莹透明的银白色……孩子说：这不是仙境吗？仙境大约就是这个样子吧。那么和妈妈一起牵着手，在清凉的雾气里转着圈地走、撒着欢地跑、学仙女踱着小碎步走走停停，也没人觉得反常吧？天光愈见明亮起来，雾散了，一切都仿佛被洗过似的清爽无比，连阳光也是。头顶上是暴马丁香的横斜枝干，青青圆圆的树叶还没长满，被雾雨打得湿漉漉的，相互重叠在一起，像一幅浓淡相宜的天然图画。

翌日下午，正在厨房和妈妈一起和面揣碱蒸花卷的工夫，天色突然暗了下来，妈妈打开了电灯，见怪不怪地继续在灶台前忙活。我却耐不住性子冲出门去，只见乌云漫卷着吞噬掉最后一缕光线，接着真是一番“好雨疏疏压暮埃，断云漠漠带春雷”的景象。这是今年的第一声春雷。雷声跟着乌云兜转，一阵隐隐地仿佛远在天边，一阵又轰隆在不远的树尖上。园子外，单元门前，也有不少人跟我一样顶着雨瞭望天色，不知是谁还在那儿兴奋地嚷着：天黑啦，打雷啦！打雷啦！我跟你说，我上中学的时候碰到过一回，大白天正上课呢天就黑了，我们兴奋得大声唱歌，还把书扔了满地……我则比较无聊地用手机拍了张照片，发了条微博：雷乃发声仲春来。

四月末的草地，二月兰的粉紫色小花开个没完，院门前的荷包牡丹也开了，一串串粉红色的鸡心型荷包挂满花枝，这时候摘下一枚送给心爱的人，是多么迷人的一件礼物啊。可是等包裹在外面的两瓣粉红色花瓣展开，里面白色的两片花瓣探出头来，你会发现，玲珑粉嫩的香荷包马上变身成一只萌态可掬的小海龟啦！荷包牡丹实在是天底下最会变戏法、最善解人意的花了，这一朵送给爱人，那一朵送给孩子，换回来的是两个家伙一脸的惊喜和两个满满的拥抱。

一家三口去鸟岛郊游，风很大，呼呼响在耳际。白天鹅总是那么优雅，黑天鹅爱吃人们挖给它的婆婆丁。一群毛茸茸的小鸭子在水边嬉戏。远远地看见，在湿地边的枯草丛里一只白枕鹤正在孵蛋，狂风烈烈，它却安之若素，一动不动。一个人踱进草亭，风被三棵老柳树挡在亭外。亭北面的水塘里，菖蒲刚刚亮起一柄柄莹翠如玉的短剑，几声蛙鸣散落其间。突然就莫名伤感，留不住的何止是春天。

▶

谷雨后、立夏前，枰叶槭、榆树、皂角树、毛白杨树光秃秃的枝条上刚刚钻出新叶芽。

五月五日，立夏鹅毛稳。雨歇风止，每天都是明净安谧的，这时候要拢下纱帘，蝇扑窗了。杂货店里有小奶油雪糕卖了。园子外的几棵老榆树结满了一树翠绿的榆钱儿。晨练时忍不住捋了几枝，装满了两个上衣口袋，回家做上一碗榆钱蛋花汤，喝上一口，淡淡的清香之味，似春意无边，荡漾心田。灌木丛这会儿是丁香季。各种各样的丁香树，色、形、态都不一样。有的开得大大方方全心全意，一树都是恣意的锥色花团；有的开得细碎迷离，似挂在枝丫间的一丝丝淡紫的薄烟，随时会散去；有的花瓣生得圆融静好；有的花瓣折叠成蝶，有的花瓣则刚刚被调皮的小孩涂了一层水粉；有的丁香，树高丈许，老根劲遒，花朵只在高高的枝尖绽放，香气远远飘过来，刚好。

草场上春花盈野，蒲公英、苦荬菜、碎米荠、附地菜、点地梅触目可见。树林里枝枝翠荚，毛樱桃和小青杏已经挂满枝条。大田玉米播种已过，这会儿已是一排排黄绿色的锥尖尖。农人们正忙着抽水泡田，育秧起垄。在乡下，清晨可以听到布谷鸟的叫声，还有家燕在晾衣绳上呢喃，但很难再听到青蛙的叫声，翠鸟的美丽剪影也一样看不到了。池塘变成了养鱼池，水田里早早就泡了化肥和除草剂。

五月中，满城风絮一地白。不光是杨花、柳絮，各种植物的花朵都像蜘蛛一样吐着看不见的花丝。各种植物的种子都开始乘着毛绒绒的翅膀旅行。丁香花落时，榆钱飞如雪。已是暮春时节，水面上落满枯黄的榆钱，两岸荠菜白花萋萋，还有成片的夏至草。邻居大叔去年从洛阳搬回来的牡丹开了，的确国色天香，令人神往。但本地的芍药也不差，不用数九寒天盖上三层棉被子、三层草帘子，也一样开得灿烂如霞光。黄刺玫花带着甜悠悠的香味，红刺玫花先闻了个够，才慢吞吞地打开花苞，只展开一两瓣，竟是游移的茶香。

洋槐花开时，小满来了。槐花的香气清幽，有淡淡的水果味，惹得一只戴胜落在枝间开心唱了许久。

花开春日长，南风草木香。时光留不住，飞絮频扑窗。

赏花录。

春

▲
紫花地丁。

最宁静的事，等花开

春夜的细雨随风入夜后，阳光终于开始毫不吝惜地释放热情，暖洋洋地照着大地。绿宝石般的草地上葶苈开得一片嫩黄；紫花地丁挤在一处，一抹淡紫；蒲公英的小黄花星星般地闪烁；桃树杏树李树梨树上，挂满沉甸甸花朵的枝条随着清风飘来荡去，似在绵绵细语。泥土里升起一股植物的清新气息，空气中弥漫着一股馥郁的甜香，似涟漪般向四处荡开来，附在每个人的嘴角、眉梢，让每个置身其中的人心里都开出了千百朵花来……

天气晴朗，阳光暖洋洋的，接着就飘过了一小朵乌云。阵雨过后，天空变成浅蓝色，只想剪下一块来，裁作一件短

短的连衣裙。妈妈种的小白菜，长了四五片肥嫩的叶子，剪下来做小白菜排骨汤；生菜伸展着印染过的一双翅膀，仿佛要飞起来似的。围墙边上的槐树刚刚伸展出椭圆形的绿叶子，就又迫不及待地挂满了一树奶白色的花串，花香似有似无的，却让每个人都神清气爽。这时候，沈阳的大小公园都开始举办花展。这时候，紫丁香绽得仪态万千，黄刺玫开得暗香浮动，锦带花开得热闹非凡。如果你能低下头来看看，还能看到更多小野花小野草的美丽倩影，那些迷人的小草花，影影绰绰，一大片一大片的，让人想起了印在手绢上的花田……

推荐观花地点：沈阳世博园艺公园、森林公园、浑河沿岸公园等市内各大公园，街头巷尾。

地被野花

1 中华小苦荬。

2 荠菜花开。

3 葶苈伸出高高的花葶儿，开得一片嫩黄。

4 附地菜花开，要蹲下来，瞪大眼睛才能看到它们浅蓝色的小花朵。

5 抱茎曲荬菜。

6 蔊菜。

7		8	9
10	11	12	13

7　白屈菜纷纷扬扬地展开了造型美丽的叶伞，开出鲜黄的花朵来。

8　二月兰。

9　白车轴菜。

10　点地梅的小小花朵像满天的小星星，一闪一闪亮晶晶。

11　不经意间，紫花地丁开花了。

12　毛茛，穿着革制铠甲闪着金光。

13　在小区的草丛间发现一朵白花蒲公英。

观赏花卉及小灌木

1 马蔺花。

2 锦带花。

3 芍药。

4 德国鸢尾花，高高的旗瓣很漂亮。

5 榆叶梅。

6 荷包牡丹。

7　金银木。

8　连翘花开，四瓣，微卷，嫩黄得晃人眼。

9　黄刺玫。

10　喷雪花。

11　红刺玫。

12　丁香。

绿化树木及果木

1 毛白杨花。

2 油松花。

3 柳花。

4 槭树花。

5 洋槐花。

6 榆树花。

7 稠李花。

8		9	10
11	12	13	14

8　杏花。

9　山桃花。

10　毛桃花。

11　梨花。

12 李花。

13 山楂花。

14 毛樱桃花。

忆旧集。

春

▲
可爱的蒲公英。

紫花地丁：早春的紫色精灵

你说：常常在上学路上看到她，就摘几朵握在掌心，到了学校夹在课本里。过一段时间再翻开，看到她半透明的紫色花瓣会有点伤感。小时候，在乡下我也常常见到她那一抹又一抹让人无法忽视的莹紫。因为总是在长长的冬天过后，在田野里的那些野花和嫩草还若隐若现的时候，那一朵朵的紫色小花就不经意地在田埂边、在菜圃旁悄然绽开了。

那时候，还不知道她的名字叫作“紫花地丁”。只觉得这花儿虽小却生得异常的清致可人，花形奇异，颜色也饱满欲滴。心想着这

◀ 一棵老枫树有两个树洞，风把尘土吹来，也把紫花地丁的种子吹来，一上一下，长出了两株紫花地丁。

花要是能生得再高再壮些多好，一定美得不可方物，采来跟乡下田野里常见的小蓟、蒲公英、千屈菜、一年蓬们扎在一起，定是最出类拔萃的一簇。

然而，她却总是那么小小的、细细的，细小得让人不忍去冒犯。有时候也会抵不住她的诱惑，小心翼翼地摘了几小朵，用拇指和食指捏着纤弱的花梗，向大人们和伙伴们炫耀："看，她多好看呀。"却总是不到几分钟的光景，她们就在我的手指间耷拉下脑袋瓜儿，灵动的蓝紫色也变得暗淡无光。伤心地把她们扔进小水塘或湿漉漉的田埂上时，我都在心里默默地发誓，下回见她们一定不再去招惹，就让她们在那儿静静地开，静静地谢吧。但是，但是，到了隔年春天，一场清凉春雨后，我仍会被她偷偷开放的小紫花冠深深吸引，罪恶地伸出手去。

长大后，在川端康成的小说《古都》里又一次与她相遇：一棵老枫树有两个树洞，风把尘土吹来，也把紫花地丁的种子吹来，一上一下，长出了两株紫花地丁。它们开花了，花影投在初生的青苔上面。一个名叫千重子的少女面对两株紫花地丁自言自语："上面的紫花地丁和下面的可曾见过面？她们相识吗？"小说一开始的"春花"篇，就以两棵咫尺天涯的紫花地丁和主人公千重子两姐妹的命运相互交织，给古城京都染上了一层紫色的忧伤。可见这种开紫花的小草不只在东北和华北平原，在日本也是极常见的春花。她深受人们的喜爱，甚至，成了春天的象征。在那首著名的日本经典民歌《四季歌》里，开头第一句就提到这种植物："热爱春天的人儿啊，是心地纯洁的人，像紫花地丁的花儿一样，是我的朋友。"

很喜欢这么小而美的花朵，有"紫花地丁"这样一个朴实得有点土气的名字，这样的她，才是天真童年里亲切的伙伴，我们都是大地的孩子，一起在那片蓝紫色花田里轻轻吟唱：

这园里的／小春风／吹着一片　淡紫色的天／入夜时　天就会冒出好多好多　紫色的烛光／那神秘的紫　竟勇敢地温暖了　冬天的路／这是一片　紫花地丁的天空啊　澄澈得像　春天的小溪　映照出一个悠久的背影／谁也不知道　他正在和花儿　呢喃的悄悄话　只有那些　举着糖葫芦的孩子　才听得见。

紫花地丁的叶可制青绿色染料。若染了一块手帕，轻轻浅浅的绿，折成一只蝶的样子，一定很美吧。

采了一些紫花地丁，清水洗过盛在盘中，个个如玲珑如紫色的小星星，闪着光，实在不想用油煎火烹，只撒了一点盐、淋了几滴香油，尝一尝味道确是清冽怡人，尚带着一丝淡淡的苦味。

食 草 记

① 油炸紫花地丁：紫花地丁用水冲洗，控干水，裹上薄面衣（按半个鸡蛋、4—5 勺水、半杯面粉的比例调和），用低温油炸。

② 紫花地丁色拉：将花瓣和切碎的叶子一起放在盘子里，加上奶油搅拌，做成色拉。

③ 浸酒：将整棵（连根）的紫花地丁洗净，浸在白酒里成为花酒。

④ 凉拌：品尝紫花地丁原味的最好方法是在开水中焯过后凉拌，加点盐、苹果醋、黑芝麻、辣椒油即可。

紫花地丁不但可以作为美味菜蔬，还是一味著名的清热解毒中药材。

▼

拔 根 儿

我们小时候也叫做“勒宝儿”，有点像小型的拔河比赛。但这里用的道具多是植物的花和茎，像三菱草茎、杨树叶柄等。用紫花地丁也可以玩这个游戏，有的地方孩子们更直呼其为打架花，两朵勾起来扯，谁的花朵掉了就输了，谁的一直不掉就是将军花。我相信紫花地丁一定是拔根儿游戏中最美丽的道具吧！

① 采两朵紫花地丁正在开放的花朵，记住要留一定长度的花梗。

② 一人一朵，让两朵花冠绕在一起，互相用力拉，花朵先落地的一方为输家。

紫 花 戒 指

采一朵带有长长花梗的紫地丁花，用指甲轻轻在花梗近花冠处划出一个小口，把花梗的下端从小口插过去，做成一个小圈；然后把它戴在小手指上，就是一枚造型别致，且暗香浮动的紫花戒指啦。

植 物 趣 考

3月3日出生的人，你的生日花就是紫花地丁，代表“幸福”。可以在小竹篮内放入二至三盆不同颜色的紫花地丁，紫在中，白在左，粉在右，就成为一份人见人爱的礼物，送给这天出生的寿星做生日礼物再好不过了。

蒲公英：随风飘飞无所畏惧

很小的时候，就认识蒲公英，因为姥姥经常给我和小妹包蒲公英馅的饺子吃。我们那会都管蒲公英叫“婆婆丁”。用早春的嫩婆婆丁蘸着姥姥炸的鸡蛋酱吃，是我的最爱！呵呵。

等到四月末，五月初，田间地头就满是蒲公英耀眼的金黄色花朵了。亭亭的花茎，绽开得几近满月的花冠，引得蜜蜂嘤嘤地唱歌，白蝴蝶忽上忽下地跳舞。喜欢花儿的女孩子们信手就能采上一大把，但蒲公英的花茎像个中空的小管儿，一折断就会涌出许多乳白色的浆汁来，粘在手指上，洗都洗不掉。再过几天，方才还黄灿灿映得人睁不开眼睛的一片花田，就变成了毛茸茸的地毯了。

吹蒲公英是我们最喜欢做的事情了，连平时对我们摘草戴花嗤之以鼻的男生们也会加入采集的行列。花茎里再没有粘人的白浆了，所以每人都会采上满满的一捧，然后再顺着风，一株一株捏在手指间凑到嘴边，起初是小心翼翼地，轻轻地吹，看着一朵，两朵，三朵，小小的种子张开毛绒绒的小伞缓慢飞升、飘散。后来大家越吹越起劲，小小的种子，仿佛兄弟姐妹般手牵着手乘着风冲了出去，到最后不知是谁先坏笑着把茸团儿吹向了小伙伴的长辫子，这下可热闹了：我把轻飘飘的蒲公英吹向你的眼角，你把毛茸茸的小伞兵吹向我的眉梢，哦，连剩下的花梗也飞了过来……

嬉戏闹腾半天，吹尽了手里所有的蒲公英，我们才横七竖八躺在田野的荒草地上安静下来，看着越来越蓝的天空，看着那么多毛绒绒的梦想飞得越来越高，离那朵厚厚的积雨云越来越近……

风 车

① 采集一定长度的花茎。

② 在花茎的两端剪开许多小口儿。

③ 沿着小口儿慢慢向外拉开切开的茎条就会向外翻卷。

④ 用一根松针穿过中空的花茎，两手捏住松针两端，一吹翻卷的花茎就会像小风车一样不停地转动。

头 饰

采一朵带短茎的花朵，用两根未分开的细叉状松树针穿过花冠底部，然后别在头上，就是一个漂亮的头饰啦。

手镯、手表

把一根带花的长茎劈成两半，绕在小手腕上，再把劈开的茎系上。一个别致手镯就完成了。你还可以把她当成一块花式手表，落下一朵花瓣儿，就过了一刻钟喽。

让种子飞起来

这个是我们小时候，我儿子这时候最喜欢玩的游戏啦。采集一个个小绒球，使劲吹一口气，蒲公英的种子就会飞起来，一串串，飞到很远的地方去。

植物趣考

全株小草高25厘米左右，主根粗，有时可达地下近20厘米处，叶基生叶莲花座样开展，叶片长圆形呈倒锯齿状。在辽东半岛为4—6月间开花，花葶直立，管状中空，覆有细毛。折断之后有乳白色的汁液。每当初春来临，蒲公英抽出花茎，在碧绿丛中绽开朵朵黄色的小花。尽情传播春天的气息，散发顽强的生命力。在田间、山坡、草地、路旁等随处可见它那坚强可爱的身影。“花罢成絮，因风飞扬，落湿地即生。”花开过后，种子上的白色冠毛结为一个个绒球，随风摇曳。种子成熟后，随风飘到新的地方安家落户，孕育新的花朵。4月11日出生的人，你的生日花是蒲公英，花语是“停不了的爱”。蒲公英的英文名字Dandelion来自法语dent-de-lion，意思是狮子牙齿，是因为蒲公英叶子的形状像一嘴尖牙。

柳树：柳哨声声忆

四月中，天气晴暖，桃花初绽。运河边的柳枝在微风中变得柔软如绿丝绦。园丁忙着给柳树修剪枝条，随手捡了几支带回家，剪了细梢插在玻璃瓶里。剩下几支笔直的枝干，忽然想起可以给孩子做一支柳哨。

儿时在乡下，姥姥家的院落门旁，有两棵柳树，都是姥爷亲手栽的。我记得它们时，它们的树干就有碗口那么粗啦。男孩子们常折几个柳枝，绕个帽圈儿戴在头上，而做柳哨是所有孩子们春天最大的乐趣。做柳哨分为选、拧、抽、削四小步，首先是选，先要选时令，宜在清明后谷雨前。早了柳枝水脉不足，容易“护皮”，拧不动它。晚了柳眼含芽，就拧不完整了；然后要选材，做柳哨的柳条要选粗细适中，没有枝杈的才行，如果太粗则不宜拧动，太细容易拧坏树皮；然后是拧，用两只手分别握住柳条两端，向相反的方向用力一拧，柳皮与柳骨就分离了。然后接着向下拧，这个过程一定不能心急，要从枝头到枝梢耐心地拧，直到你隐约感觉到树枝表面的绿皮已经与里面的枝条分离开；下一步就是抽了，用牙咬住较粗的一端，将白玉般的柳芯慢慢地抽出，留在手里的就是中空的柳枝儿皮了；然后用剪刀裁成一小截一小截的，可长可短。最后再用小刀在一端削出个半厘米宽的口子作为笛嘴，用手把笛嘴稍稍捏扁，一只柳哨就做成啦。

这种柳哨，只需把它含在嘴里，吐气婉转，随着一丝青涩的苦味流转舌尖，美妙的音符就在村子的每个角落里响亮起来。粗长的柳哨声音低沉浑厚，如老牛的哞叫；细短的柳哨清脆辽亮，如牧童的短笛。有时大孩子们还把几个长短不齐的柳哨并排着放在一起吹。有时候一群孩子聚在一处，每人拿着一只柳哨，相互聒噪着吹得面红耳赤，甚至腮帮子痛，但欢乐和满足却挂满了每一张小脸庞。

如今，循着依稀记忆，试着给孩子做一只柳哨，情不自禁地忆起，那些个春天里，得空就给我和小妹做柳哨的姥爷。姥爷给我和小妹做的柳哨是小伙伴里吹得最响，也是最漂亮的。因为姥爷做好柳哨后，还会在上面刻上一尾小鱼或一只小鸡。如今，春风又染绿了柳枝，那一帘帘烟柳暗涌着想念的徒劳。声声柳哨里，桃花吹落，杏花吹红，春天变得生动几多；声声柳哨里，我仿佛又看见笑声如洪，脚步如风的姥爷，和我那个无忧无虑的童年一起穿越而来。

车前子：在记忆里留下足迹

车前子的名字可真多：车前草、蛤蟆叶、猪耳朵……，我们小时候管车前子叫“车轱辘菜”，是一种味道鲜美的野菜，五月中、六月初味道最美，将刚长出的车轱辘菜洗净后放入沸水中焯一下出锅，再放入凉水中冰一下，把水沥净后就可以装盘了，要蘸着东北大酱吃。其实车前子在古书上还有一个名字叫：芣苢（fú yǐ）。《诗经·周南》中的《芣苢》就是描写人们采车前草时所唱的歌谣：

采采芣苡，薄言采之。采采芣苡，薄言有之。采采芣苡，薄言掇之。采采芣苡，薄言捋之。采采芣苡，薄言袺之。采采芣苡，薄言襭之。

在反反复复的和声咏叹中表达了生活虽然是艰难的事情，却总有许多快乐在这艰难之中的美好思情。

汪曾祺在《草木春秋》中也写道车前子：车前子的样子很有趣。叶贴地而长，近卵形，有长柄。在自由伸向四面的叶丛中央抽出细长的花梗，顶端有穗形花序，直立着。穗不多，少的只有一穗。画家常画之为点缀，程十发即喜画。动画片中好像也少不了它，不知道为什么，这东西有一种童话情趣。李时珍在《本草纲目・草五・车前》中写道：植物名。车前科。多年生草本。叶子长卵形，夏天开花，淡绿色，果实纺锤形。叶子和种子可以入药，有利尿、镇咳、止泻等作用。唐代韩愈在《游城南·题于宾客庄》诗中吟道：“榆荚车前盖地皮，蔷薇蘸水笋穿篱。马蹄无入朱门迹，纵使春归可得知。”铺陈的又是怎么样一个晚春中的寂静庭院啊。

车前草的花语是：留下足迹。车前草多野生于路边、屋前、屋后，生命力极强，正因为他的普通和朴素，所以人们一般都不会注意到它，它是多么希望人们注意到它，并在它身边留下足迹啊。车前草留下的足迹是一生等候与不放弃，是无人知晓的一场漫长守望。

其实我觉得有车前草生根的地方，就不会寂寥。看它那叶丛中心擠出三四长茎，还有如鼠尾一样长穗，花开得细细密密，浅青中又带着一抹淡淡胭脂色。在拂面的微风中，恍如听见田家女子，三三五五，于平原绣野，风和日丽中，群歌互答，余音袅袅，若远若近，忽断忽续……

斗草游戏

摘车前子花穗两根，互相交叉对拉，谁的花茎先断，谁是输家。

槐树：梦里槐花香十里

每当槐花飘香的季节，姥姥会采一些的新开的槐花，蒸花卷的时候放上几朵，便是一屉槐花卷，未等出锅，早已是香气弥漫。但槐花最痛快的吃法是在刚刚绽放的时候，翻身上树成串成串地摘下，顺着花梗撸下一大把花直接塞进嘴里，花梗随手抛到树下去。

槐树羽毛一样的叶子可以用来玩占卜和猜单双游戏。摘一枝槐树叶左手抓住主叶梗，叶子末端向下。参与的两人先猜叶子是单数是双数，再伸出右手食指用力向下扫，打掉叶片数个，然后数剩下的叶片是单还是双。

后来还听说关于槐叶的另一种玩法：先是挑出一个人让他蒙起眼来不许偷看，然后其余人等各自找一片槐叶，藏到树墩上或者是树根旁的泥土里，总之是不许出了划好的界限。大家齐齐藏好后，便让蒙眼的那个出来找。一旦找出，便要细细数好那叶柄上残存的小叶片数量，然后让槐叶的主人伸出小手，用槐叶狠狠抽打手心。没寻到的就该槐树的主人发威了，他会一边用力抽打，一边大声地数着一二三……得意得神采飞扬。这种游戏特别适合雨后的天气，松软潮湿的泥土轻易就可以挖掘很深，槐叶也就能藏得更隐蔽。

等到大家玩累了各自回家，还总有人赖着不肯走。坐在那儿把椭圆形的叶子一片一片地扯下来，嘴里念叨着：回去不回去回去不回去……

岁食记。

春

▲
李时珍曾盛赞豆芽："清心养身"。

菜分红绿
簇新盘

冰消雪释，负冰鱼聚。到了二十四节气之始的“立春”，菜市场的绿豆芽早早就卖断了货，芹菜、韭菜也很抢手。天价的嫩黄瓜，人们也都会买上几根回家。“打春吃春饼”可是沈阳人雷打不动的习惯。在我们家，正月十五的元宵、端午的粽子、中秋的月饼都可以不吃，但立春这天的春饼是一定要吃的，春饼就是这样一种人见人爱花见花开的美味。

立春之日吃春饼的习俗据说早在晋时就有，明代李时珍的《本草纲目·五辛菜》记载：“五辛菜，乃元日立春，以葱、蒜、韭、蓼蒿、芥辛嫩之菜，杂和食之，取迎新之意，谓之五辛盘。每年立春这一天，人们将面粉制成的薄饼摊在

每年立春这一天，人们将面粉制成的薄饼摊在盘中，加上初春的芽蔬食用，故称“春盘”。

▼

盘中，加上初春的芽蔬食用，故称“春盘”。立春时节的东北，气温还在零下十几度，没有大棚蔬菜的时候，想吃个鲜嫩的绿叶菜实在是种奢望，但春饼还是要吃的。

那时候东北人吃春饼必备的菜式有：炒胡萝卜土豆丝、炒绿豆芽、酸菜炒粉还有京酱肉丝。土豆、胡萝卜是菜窖里藏的秋实，绿豆芽是提前几日自家生好的。酸菜不用说，选了缸底最入味的，再一层层拨去叶帮，只要几棵酸菜芯。做京酱肉丝的猪里脊肉是腊月杀年猪时特意留下的。去冬晾在屋檐下的大葱，随手拎几根，拨开外面风干枯脆的皮儿，只留肥绿的葱芽切细丝。葫芦罐里摸几枚红皮鸡蛋，打散摊成薄蛋皮儿切丝。一盘盘摆上炕桌也一样赤橙黄绿春满人间。妈妈烙的春饼又薄又劲道，京酱肉丝也做得鲜香嫩滑；爸爸则是切丝高手，葱丝酸菜丝土豆丝鸡蛋丝都切得精细匀溜。配着刀在菜案上气壮山河的“嚓嚓”声，别提多带劲了。我和妹妹两只小馋猫似的在灶台前后不停地转悠，一会叼两口这个，一会偷两块那个……

吃春饼也是一乐。没耐心的小孩儿会把各种菜肴堆在摊开的春饼上，小山一样高，等卷的时候才发现卷不上，就胡乱一裹，裹成个包子形。春饼要卷得地道，还得用筷子。先用筷子把各种肉菜整齐地码在摊好的春饼上，不能贪心，每样一筷头就得。接着将春饼的一边顺着筷子卷起来，下端往上包好，用手捏住，再卷起另一边，卷好了放在盘子上，再将筷子抽出来，卷出的春饼又紧实又粗细均匀。春饼卷好用手拿着吃就可以，而且要从头吃到尾，这叫“有头有尾”。

相较于制作菜肴，烙春饼更考验一个人的手艺。我烙的春饼每一层总是大小不一，有时还会粘在一块儿启不开，也试着像饭店做的那样改成“蒸制”法，可味道和口感终是差了一点。今年立春前后，便试着做了一次改良版春饼：“薄鸡蛋饼”卷“五彩素盘”。薄鸡蛋饼的做法很简单：半斤面粉，打一个鸡蛋，再倒点牛奶，加纯净水搅拌成稀稀的面糊。平锅点少量橄榄油，舀一汤勺稀面糊进去，轻摇成和锅底大小相近的圆片，每面烙 10 秒左右即可出锅。“五彩素盘”是把素鸡、韭菜、豆芽、胡萝卜和发好的黑木耳一起切丝清炒即可。喜欢的话也可以切点葱丝、黄瓜丝、火腿丝一起卷进去。制作这种新式春饼只需 20 分钟左右，简单随性，是单身贵族和二人世界的首选，

想偷懒的妈妈们也可以尝试。

记得有年立春，我那叫立春的妈妈尚在外地旅行，于是决定自己试着做顿春饼吃。那是我平生第一次做春饼，春饼做大了，等下平锅时，才发现比我家的平锅底还大一圈。刀工也不咋地，切丝的都变成切段了，但最后四个菜外加满满一叠春饼端上桌，看着孩子大快朵颐，听着爱人不吝言词的盛赞，还是很有成就感。因为当年那个托着下巴盼着春饼上桌的小丫头，而今变成了笨手笨脚的妈妈，也在努力尝试满足另一只小馋猫长久的期待。

春盘节物新，春日年年好。小时候吃春饼，是盼着借“咬春”的由头解解馋，现在吃春饼，是盼着长冬快点过去，春回大地，馥郁清香。美食当前，家人相伴，尽可跟着诗人们一起吟唱：不是人间偏我老，今朝一岁大家添。晓寒细雪路漫漫，人间有味是清欢。

改良版春饼

① 材料：

面粉 200g、鸡蛋一个、牛奶 30ml、纯净水适量、豆芽 100g、素鸡半个、韭菜一小把、胡萝卜半根、黑木耳 6 朵、黄瓜半根、火腿半根、香葱一根、橄榄油适量、盐适量。

② 做法：

1. 面粉过筛，加鸡蛋、牛奶、纯净水搅拌成稀面糊。
2. 平底锅入适量橄榄油，舀一汤勺稀面糊入锅，轻摇成锅底大小面饼，每面烙 10 秒左右出锅。
3. 五彩素盘：素鸡切片、韭菜切段、豆芽去根、胡萝卜和泡好的黑木耳切丝。依照素鸡、黑木耳、胡萝卜、豆芽、韭菜的顺序放入烧热的油锅内拌炒，最后加盐起锅。
4. 黄瓜、火腿、香葱切丝，同五彩素盘一起卷面饼即可。

分瓣生蒜苗，浸水发豆芽

春分节气，在南方可以去挖荠菜挑马兰头了，我们这儿窗外还会时不时地飘着雪花，一边下一边化。门前的小菜园里积雪正在消融，春天还没来，心却想着能有春芽可撷，让清鲜的春味平抚一下整个冬天的肥腴脂腻。蔬菜店里，摆上南方运过来的青绿色豌豆苗和大棚里催生的酒红色香椿芽。更多的人家已经找出入冬时囤下的几斤大黄豆绿小豆，准备自己动手发豆芽。

以前黄豆金贵，上秋打下的几十斤黄豆，姥姥多用来换豆油吃。剩下几斤总是要等菜窖里白菜没剩几棵，酸菜缸也见了底的春分前后，才舍得拿出来发豆芽。先把黄豆洗一洗，再泡一晚上，底花红边的搪瓷盆用开水烫一下，把泡好的黄豆倒进去，添清水刚刚没过黄豆，口罩布改制的白棉屉布往上一蒙，热炕头一放，一天换两三次水，换水时再端着盆上下颠一颠，澄出浮起的豆皮儿。几天的工

发好的黄豆芽就像一只只挤在一起的小蝌蚪，晶莹肥润。

▼

夫，发好的黄豆芽就像一只只挤在一起的小蝌蚪，晶莹肥润。点油清炒再切点胡萝卜丁进去，炒好后与新出锅的白米饭一拌，一盘春光，美味无敌。现如今，多是三口人的小家庭，可以找个旧玻璃瓶，最好是广口或平口的，先用热水消毒，再把泡了一个晚上的豆子放进去，加水，瓶口用纱布盖上，橡皮筋固定。放到暖气片上或有阳光的窗台上，一天换两次水，也可以发出一瓶鲜嫩的豆芽。发好的豆芽要放在冰箱里，最好两三天内就吃掉。懒人就买个蔬苗专用栽培机，还可以发点绿小豆芽、芝麻芽、萝卜芽。喜欢自己动手的，就从泡种开始，看着种子一点点膨胀。胚芽冲破种壳，新生的能量快得超出你想象，充满春天才有的活力，刚刚破种而出的芽苗，集根、茎、叶于一身，味道鲜美。水分含量少，有着市售绿豆芽没有的植物清香，或清炒或凉拌，怎么吃都好。

▲
随手把发芽的大蒜生在水中，不出几时，蒜苗就长得鲜绿喜人。

除了发豆芽，家里囤了一冬的大蒜辫在越来越明亮的春光里也开始钻出淡黄的芽尖儿。赶紧顺势把它们剥皮分瓣儿，码在破了边的碗盘里注上清水生蒜苗吧。还没生根的蒜瓣有时会不听话地东倒西歪，可以用干净的细铝丝或细扫帚糜儿一瓣一瓣穿好围成陀螺状码在大碗里。如果嫌水生的蒜苗细瘦，也可以铺一层细沙土，把蒜瓣一个一个码在细沙里，时常喷水保持沙土湿润，这样生出的蒜苗更粗壮，剪了一茬还能生出一茬来。以前每年三月一开学，妈妈就在自家窗台生上满满三盘蒜苗，一盘比一盘晚上三五天。刚开始生出的一盘蒜苗总舍不得剪，偶尔只在早晨给我们煮面条时，剪个二三根，切成细末，撒进面里提提味儿。等一盘子蒜苗都长得两拃高，才贴根齐刷刷地剪下来，油绿绿的一小把，切段，炒鸡蛋、炒五花肉都鲜香无比。

想来那些散发着诱人香气的事物，植物也好，食物也好，是一辈又一辈人贪恋的东西，也是漫漫人生的一点宽慰。从姥姥、妈妈那里学会了自己发豆芽、生蒜苗，还有把发芽的洋葱头、切下来的萝卜头、胡萝卜头随手浸在水里，让新叶、新芽长出来点汤拌菜，如今却应景成就了纯天然、无公害。其

▶

豆芽炒干豆腐丝，豆芽出的水，悉数让干豆腐丝吸去，切点西芹丝配色，更好。

实不过是牵肠挂肚着那远远记忆中飘来的简单味道，也让尚在飘雪的生活里多点让人愉悦的初春气息罢了。

豆 芽 炒 干 豆 腐 丝

豆芽炒干豆腐丝，豆芽出的水，悉数让干豆腐丝吸去，切点西芹丝配色，更好。

① 材料：

绿豆芽500g、干豆腐一张、西芹适量，葱、姜适量，油、盐、米醋、鸡精、花椒粉适量。

② 做法：

1. 绿豆芽掐根须后，清洗干净，沥干水分待用。
2. 干豆腐切丝，西芹切丝，葱姜切成末。
3. 热锅放油，爆香葱姜末，放入干豆腐丝翻炒均匀。
4. 倒入绿豆芽翻炒均匀，加盐，花椒粉，少许清水。
5. 绿豆芽，干豆腐丝炒熟后，加入鸡精调味，再烹少许米醋。出锅装盘。

▶

切下来的胡萝卜头，水生个三五天，就如此绿意萌动，做汤或拌点芝麻牛肉，清香爽口。

无非求碗热汤面

今年清明时节，盛京尚是苦寒天气，雾雪纷纷。

陪父母祭扫回来，停供暖气的屋子只有十三四度的样子，呵着手提议：妈，我想吃姥姥的西红柿鸡蛋面了。其实，打小到现在，一直都喜欢吃的面食不是饺子而是面条。春寒料峭，一碗热汤面下肚暖心暖胃，仿佛屋子里的空气也跟着暖和了许多。盛夏酷暑一碗锅挑打卤面吃得一身透汗，顿时清爽凉快了不少。

记忆里最好吃的面条就是姥姥做的手擀打卤面。夏至黄昏，天色恬淡。姥姥在院子里的葡萄架下放开木桌，套上粗布细纹的套袖，温水和面。面是全麦的，黑黝黝的，在揉搓中透着淡淡的麦香。我和妹妹常常会吵着也要帮忙，姥姥就随手拽两个小面团给我们一人一个，慈祥的目光带着娴静的笑意。在这样的目光里，心灵手巧的妹妹把面团捏成了可爱的小兔子，我就急着七拼八凑一副小眼镜戴得有模有样。而姥姥已经把和好的面擀成桌面一样大的面片，然后在上面均匀地抹些“扑面”，再从左右两个边儿开始把面片小心地折叠到中间，最后一刀刀切成刀背宽细的面条，每一根面条都卷卷的，像极了早春时最嫩的山蕨菜茎。西红柿鸡蛋卤，姥姥在清水开锅前就能从容做得。院前的鸡窝里摸几枚还带着温度的红皮蛋，屋后摘

晶莹剔透、嚼劲儿十足的东北手擀面。

▼

两个还挂在秧上的洋柿子，一红一黄。大锅里淋一勺清油，先把鸡蛋直接磕进去，打散炒得嫩黄，再点些农家酱炸锅，把切成块的西红柿扔进去翻炒，抖进炒好的鸡蛋，洒小葱末，眨眼工夫喷着酸甜香气的番茄鸡蛋卤做好了。青花大碗，盛上那三两筷头刚出锅筋道的全麦手擀面，舀两匙西红柿鸡蛋卤，淋上一小勺煮面的原汤一拌，再配一两瓣新紫皮蒜，那个滋味哟，拿个神仙也不换。

长大后才知道，姥姥喜欢做面条是因为姥爷。姥爷是山西人，十二岁一个人闯关东，在异地他乡舒枝展叶，而故乡的那碗热腾腾的抻面条却一直惦念着。东北盛产大米，面粉很难买到，但姥姥每年上秋还会想办法跟人换几十斤回来。除了年节包点饺子外，余下的都留着做热汤面或打卤面给下田回来的姥爷打牙祭。但姥爷好像从没赞过姥姥做的面好吃，偶尔还会抱怨手擀面不如他妈妈做的手抻面。后来姥姥先他而逝，没见他有多难过，却只跟我念叨：以后我想吃面条可咋办，你妈也不会擀。后来姥爷搬来与我们同住，妈妈也慢慢学会了姥姥的西红柿鸡蛋打卤面，最高兴的当然是姥爷。有回爸妈要一同出门，本来叮嘱我和妹妹放学后给姥爷做晚饭，但从不下厨的姥爷居然提议：姥爷来给你们做碗大肉面吧。第一次看到年过古稀的姥爷扎上了围裙。他笨拙地添水和面，把面团切成和手指粗细的面胚。灶上置一敞口铝锅，冷水文火，一根一根地把短粗的面胚抻成又细又长的面条，抻一根扔进水里煮一根。我和妹妹都是第一回见这么做面条的，很是惊奇，也乐呵呵地跟着姥爷一起抻，可惜面胚总抻不长，要不一抻就断。姥爷边抻边嘀咕：我记得我妈是这么抻的呀，怎么就不断呢。那是姥爷第一次也是最后一次做面条，虽然最后出锅的面条都筷子那么粗，但配上半勺陈醋和他老人家炸的油汪汪的红烧肉卤，那味道还是让我和妹妹吃得终生难忘。爸妈回来我还向他们炫耀说姥爷做的抻面真好吃，妈妈很是不以为然：一个月一斤的五花肉让你们一顿都吃光了！还能不好吃？

跟着妈妈一起动手抻面，抻面的手法是妈妈陪姥爷回山西老家那年特意向当地的亲戚学的，跟那一次姥爷的手法差不多，只是要在和面时加点盐，最好还要饧上个把小时。边抻边煮边挑出一碗，热乎乎地浇上西红柿鸡蛋卤，边吃边聊着那些细碎的往事。难怪人说：面的世界，是大同的。那一碗碗面，或简单寡味，或浓香可口，或清淡绵长，或鲜气扑鼻，都氤氲着永远也无

可逝去的爱和亲情，裹挟着人生的无奈与辛酸，牵出长长久久的回忆，让人恍惚得不知身在何处，今夕何年。

手抻面拌韭菜鸡蛋酱

① 材料：

面粉500g、韭菜一小把、鸡蛋两个、黄豆酱50g、小河虾或虾皮适量，油、盐、生油、陈醋、花椒粉适量。

② 做法：

1. 面粉放入不锈钢盆中，洒点精盐，倒入温开水，揉成面团后，饧面一小时。
2. 韭菜洗净，切末。小河虾洗净，控去水分，热平锅备熟。
3. 鸡蛋打散，平底锅倒油烧热，倒入蛋液，翻炒成鸡蛋碎。
4. 炒锅倒油，烧热后入小河虾、花椒粉、黄豆酱、生抽翻炒出香味后，加韭菜末、鸡蛋碎，制成韭菜鸡蛋酱盛出。
5. 饧好的面团切成一根根短粗面胚，灶上置一敞口铝锅，冷水文火，边抻边煮，边用筷子轻搅。抻完面胚后，改中火煮熟。
6. 煮熟的面条，根据喜好锅挑或过水均可。拌上韭菜鸡蛋酱，淋点山西陈醋或佐咸蒜食用，风味更佳。

夜雨剪春韭

吃完了最后一棵冬储大白菜，东北的春天终于来啦。一到春天，吃也变得绿油油的。早春的菜园中，第一个钻出来的就是韭菜嫩红的叶芽，不出几日，就长得三四寸长，碧绿清鲜。春天的韭菜是最鲜嫩的，是春天案头上最鲜绿的供物。龚乃保的《冶城蔬谱》按时令的顺序把韭菜排在了蔬菜的第一位，称之“山中佳味，首称春初早韭。韭菜在中国已有三千多年历史，在《诗经》中便有“献羔祭韭”之说。《本草拾遗》又载：“在菜中，此物最温而益人，宜常食之”。春食韭菜辛温补阳、温补肝肾，更可以清洁血液，让身体除旧布新。

乡村菜园或者阳台花盆里，一撮种子点下去或移植一些根茎，过不了多久，春风一吹，翡翠般肥美的韭叶就能绿得惹眼。割一茬吃一茬，浇水施肥又会开始新一轮的生长。韭菜可清炒，也能炒鸡蛋、炒肉丝，还可以与豆芽、干豆腐丝一起素炒。盛京的老人儿，不嫌麻烦会用这头刀韭菜来做面食，饺子、包子、馅饼……当然最能让东北一家人统统举手点赞的就是韭菜盒子啦。清人袁枚所著《随园食

美味的韭菜盒子。

单》对韭菜盒子的制法就有记载："韭菜切末加作料，面皮包之，入油灼之，面内加酥更妙"。现在最常见韭菜盒子配料以韭菜、鸡蛋、粉条、虾皮为主料，食材的配比为4∶3∶2∶1，剁碎拌匀，调入适量的盐和香油，用面皮儿包裹，捏紧压平。在平底锅里加油、烙到两面金黄即可。当一盘酥脆焦黄的韭菜盒子端上来，轻轻在边角上咬开一口，里面的韭菜鸡蛋馅露了出来，在金黄的鸡蛋陪衬下，剁碎的韭菜，仍保持着刚从地里长出的那份碧绿，吃起来鲜香无比。

记得那年初春在瓜茄台，空冥夜雨将将破土一扎急，月静流星舞。拎着九路买的欧式生铁马灯，冲破夜色剪了一篮前一秒才钻出泥土一拃长的新韭，回身又在鸡窝里摸了两枚还带着余温的红皮鸡蛋；清油食材下锅翻炒，不出一两分钟，鲜味四溢的韭黄炒蛋就做得了。盛在镶着蓝边的圆盘子里，大锅里舀一碗二米饭（大米掺和点小黄米），还没等月光照上炕沿边的小木桌，就吃得盘碗素面向天了。夜雨剪春韭，新炊间黄粱。泥土的气息、春雨的味道、韭菜的鲜香，再加上夜色迷蒙，凭着这道菜，就且不去管今夕复何夕，少壮能几时了吧。

韭 菜 盒 子

① 材料：

面粉400g、韭菜一把、鸡蛋两个、粉条、虾皮适量，油、盐、香油、花椒面适量。

② 做法：

1. 面粉放入不锈钢盆中，先倒入沸水，用筷子将面粉搅拌成粗粒状，再加冷水，揉成面团后，饧面一小时。
2. 韭菜洗净，切碎。粉条煮熟，切碎。虾皮洗净，控去水分，切碎。
3. 鸡蛋打散，平底锅倒油烧热，倒入蛋液，用小铲不停翻炒成鸡蛋碎，晾凉。
4. 将韭菜碎、鸡蛋碎、粉条、虾皮混合，再加盐，花椒粉、香油调味拌匀成馅。
5. 面团揪成大小适中的剂子，擀皮，包馅，捏紧边，包成半月形韭菜盒子。
6. 平底锅倒油，烧热后放入韭菜盒子，煎至两面金黄出锅。

畦间小白菜，垄台绿葱茏

每年清明前妈妈在菜园里播下几样菜籽，最先发芽的总是小白菜的两荚心形小叶胚，无论你种深种浅，无论浇不浇水，它总是能顽强地破土、发芽，长成绿莹莹的一片。几天下来就能长出四五叶，这正是第一次间苗的好时候，间下来的小白菜水嫩无敌，可以生吃、蘸酱。再过个把星期，再进行第二次间苗，这时候的小白菜虽然不如上回的鲜嫩，但可以清炒，或做汤，什么小白菜虾皮汤、小白菜汆丸子、小白菜炖排骨……反正怎么吃都好吃，怎么吃都能吃得心满意足。

园子里，跟着小白菜一起发芽展叶的还有头年种下的细葱根。开春时正是“葱垄抽羊角”的时候，一垄垄葱叶茜如芳春。还有人在清明前把贮藏一冬吃剩下的一小捆大葱种起来用土培好，到了谷雨时分，葱芯里就抽出了肥厚鲜绿的葱叶。这时候，本地小菜场的青

春天，小菜园里新生的小白菜和小葱。

葱也上市啦，叶青如碧葱白如玉，看着就招人喜爱。平日里作为调味品的葱，现在是可以当作蔬菜吃的。《说文》曰：葱，葱菜也。《纲目》中也提到，冬葱经过长冬后始发，其茎柔细而香。在盛京，春天的小葱可是当季的宠儿，凭谁转菜市都会捡一把鲜嫩小葱。回到家，把洗净的小葱粗粗的剁成段，盛在大白瓷碗中，淋一点酱油和盐，滴几滴香醋，泼一勺麻油，用筷子搅拌均匀，再撒点炒好的白芝麻，熬上一锅小米粥，烙几张脆黄的玉米饼，配上这样一碗香拌小葱，玉米香与小葱的辛鲜准保让你胃口大开，再喝上一口小米粥，竟可以品出一丝春花的清甜。

当然，如果你正春困偷闲，那就干脆把新鲜的小葱和小白菜洗净，直接拎着蘸豆瓣酱吃一样也不赖，如果你不嫌麻烦，那就温二两老龙口，做一盘晶莹剔透的小葱拌豆腐下酒。窗外春雨如酥，草木复苏，一切都是欣欣然绿意萌动的样子。

小葱拌豆腐

① 材料：

北豆腐一块、春小葱两三根、油、盐、生抽、花椒碎、干辣椒碎适量。

② 做法：

1. 豆腐切成小丁，开水焯熟后，捞出投入凉水中过凉。
2. 豆腐块码入盘内，加入盐、生抽、香油、鸡精调味。
3. 小葱切细葱末，撒在豆腐块上。
4. 将油烧热，放入干辣椒末、花椒碎，炸出香味。
5. 用勺子舀花椒油适量，淋在小葱豆腐表面即可。

时绕麦田求野菜

盛京的早春，当春风吹融了冻土之后不久，城里草地河边堤岸，乡间田地小路垄沟，房前屋后栅栏边儿，还有久无人居住的旧场院儿，约好了似的，各种野菜开始钻出刚刚从长冬里苏醒的土地，用你意想不到的速度发芽、展叶、开花。被人们称作“芨芨菜”的荠菜总是最先铺陈开小巧的波浪形叶子，跟着是婆婆丁张牙舞爪的巨齿状叶子。如果说芨芨菜的叶子像三岁小孩整齐如贝的小乳牙，那么婆婆丁的叶子就是怪兽参差吓人的大门牙。曲荬菜和小根菜出现得要晚一些，多在立夏节气前后。曲荬菜的叶芽是紫红色的，长到四五片叶时才慢慢变成绿色，但叶筋和叶缘还是描着细细的红边；小根菜的根儿一点也不小，又白又胖又圆溜，所以我们给它起了另外一个名字叫：大脑嘣儿。

婆婆丁、曲荬菜、芨芨菜和小根菜是沈阳人喜闻乐见且历史悠久的四样野菜。小时候总嫌婆婆丁、曲荬菜太苦，芨芨菜没什么滋味，只有小根菜是最爱。春天的田间地头到处都能见到簇簇丛丛的

曲荬菜、小根菜、芨芨菜

▼

小根菜，细细长长的叶子莹绿如草。小根菜要吃根儿，所以要用片刀或者小铲子向深处挖，还要保持一定的距离，太近了可能会将根茎铲断，插进地皮后，要稳稳地、用力地向上撅，连土带菜一起撅出来，然后拎着小根菜的叶子，轻轻敲掉根儿上的土，就露出了细嫩的茎和肥硕的小蒜头，一会就能挖上一小筐。回到家姥姥把它们一个个洗得白净净的，码在盘子里直接蘸鸡蛋酱吃。恰到好处的辣味完全不同于菜园里的葱蒜、辣椒，是一种特别的滋味。

采食野菜，古而有之。诗经《采芑》诗中，就有“薄言采芑，于彼新田，呈此菑亩”的句子。芑就是今天所说的苦菜，包括苦荬菜、婆婆丁、曲荬菜一类的苦味野菜。那时候还没有现在常见的青椒、茄子、芸豆、西红柿等引进蔬菜，所以采食野菜是最常见的农事劳作之一。中国还有一部周王朱棣编撰的《救荒本草》，指导人们辨别野菜，以在荒年、灾年之中采食充饥。在诗人的眼中，野菜是“天然之珍，却味外之美”。对老百姓而言，野菜是每年春天的一个念想，是在春天的田野里和伙伴一起乐享的简单快乐；是和妈妈一起坐在院子里，一边挑根择叶，一边听她讲小时候发生在春天里的趣事；是一家人围坐在桌前品味菜根香远的难忘片断。

其实野菜多味淡，甚至有点苦，但吃起来却苦中带香，可蘸酱生吃，可焯水后点盐凉拌，也可清炒或包上一屉野菜包子。但也千万别忘了野菜不是被人驯养在菜园里蔬菜，它们是土地阳光雨露创造并滋养的野生植物，我们本是不劳而获地享受自然和季节的格外馈赠，更应珍惜和感激这一叶一芽的来之不易。我们喜欢荠菜的五味甘甜，也希望看到它们能花开如雪，也千万别剥夺了孩子们把婆婆丁的小伞兵吹向蓝色天空的权利，更别忘了小根蒜亭亭玉立的淡紫花球是初夏田野里的美丽风景。

一千年前，它们在生长在我们中间，我希望一千年以后的春天，它们仍在城市乡间自由自在地盛开。

凉拌蒲公英

品尝原味的最好方法是将洗净的蒲公英用沸水焯1分钟，沥出，用冷水冲一下。佐以辣椒油、味精、盐、香油、醋、蒜泥等，也可根据自己的口味拌成风味各异的小菜。

▲

凉拌蒲公英

油炸蒲公英

蒲公英用水冲洗，控干水，裹上薄面衣（面衣按一个鸡蛋、4—5勺水、半杯面粉的比例调和），低温油炸。

做馅

将蒲公英嫩茎叶洗净水焯后，稍攥、剁碎，加佐料调成馅（也可加肉）包饺子或包子。

蒲公英粥

蒲公英30克，粳米100克，煮成粥，可清热解毒，消肿散结。

蒲公英又名婆婆丁。《本草纲目》有句云：“蒲公英嫩苗可食，生食治感染性疾病尤佳。”

▼

浸酒

将整棵（连根）的蒲公英洗净，浸在白酒里成为花酒。

蒲公英茶

将蒲公英洗净，放入锅中，加水淹过蒲公英，大火煮沸后盖上锅盖，小火熬煮一小时，滤除茶渣，待凉后即可饮用。

一树榆钱 满院香

立夏前后，园子外的几棵老榆树结满了一树翠绿的榆钱儿，晨练时忍不住捋了几枝，装满了两个上衣口袋，想着给孩子做上一碗榆钱蛋花汤。回到家，摘洗，起锅，生火，化一点猪油，加小葱末，添水。水开倒入一碗打好的鸡蛋花，撒上一捧洗好的榆钱，点盐勾芡。盛在碗里，翠绿色的榆钱点染着几朵鹅黄娇嫩的蛋花，实在悦人眼目。喝上一口，淡淡的清香之味，似春意无边，荡漾心田。

恍如隔世，就回到了从前。那时候，姥姥姥爷还在身边，那时候，每家每户院门外都栽上两棵榆树。在东北，四五月份的菜园子实在乏新可陈，而榆树正是在这个时候，结出一树密密匝匝的榆树钱儿。于是乎惹人喜爱的榆树钱儿变换着花样地上了人们的餐桌。各家门前高大的榆树下变得热闹起来，有人背着筐直接爬上树去，将一串串榆钱儿捋进筐里；有人站在树下用绑了钩镰的长竿钩下沉甸甸的枝条，在树下就能捋个痛快；善爬树的野小子理所当然地蹿上树去，还神气活现地一边捋，一边把榆钱儿大把地揉进嘴里。只要带一筐

满院榆钱香

▼

鲜嫩的榆树钱儿回家，就不会被妈妈骂磨破了裤腿。这家的妈妈会喜滋滋地揉面，给一家人蒸上一屉香喷喷的榆钱菜团子；那家的妈妈则喜欢烙上一张又一张的榆钱玉米面饼。而我的姥姥会做一锅清香四溢的榆钱蛋花汤。我和小妹就站在灶台边上候着，看着姥姥起锅，生火，化一点猪油，加一点小葱末炸锅，然后添水添柴，水开入一碗打好的鸡蛋花，撒上一捧洗好的榆钱，点盐勾芡……

小时候一直以为榆钱儿是榆树的绿色花朵。其实榆钱儿是榆树的种子，古时被称为榆荚。《本草纲目》载："榆未生叶时，枝条间生榆荚，形状似钱而小，色白成串，俗呼榆钱"。清代张潮《人海记》中写道："三月初旬，榆荚方生，时官厨采供御膳"。皇帝食榆钱不过是体察民情应个景罢了，乡间百姓的烟火生活里，榆钱儿带来的是实实在在的欢乐。仿佛是老天爷偷偷眷顾着，每年春天都带来这么一树榆钱，香飘满院。让天真的孩子总不忘那自然的清香，总不识那些年贫苦滋味。东家妞，西家娃，拾了榆钱过家家，买花买酒买娃娃。

榆钱蛋花汤

① 材料：

榆钱50g、鸡蛋一个、小葱、嫩姜、虾皮少许，猪油、胡椒粉、料酒、淀粉、盐适量。

② 做法：

1. 鲜榆钱择瓣去梗洗净，沥干水分。
2. 葱、姜切碎，鸡蛋打入碗内，加少量水和料酒用筷子调匀。
3. 炒锅内加猪油烧热，入葱、姜、虾皮炸锅后添适量温开水。
4. 水开后，改文火，用筷子滗着碗沿儿投入蛋液，形成鸡蛋花。
5. 撒入榆钱，水开点盐关火。依个人喜好加入胡椒粉或香油调味，喜欢浓汤可用淀粉勾芡。

榆钱饼

① 材料：

面粉250g、榆钱100g、鸡蛋一个、油、盐、花椒粉适量。

② 做法：

1. 鲜榆钱择瓣去梗洗净，调入盐、花椒粉备用。
2. 在面粉内加入鸡蛋拌匀后，加拌好的榆钱和适量的水和成面团，饧10分钟左右。
3. 把面团揪成大小适中的剂子，擀成薄饼，平锅点油烙熟即可。

香椿嫩如丝，入口味堪夸

小时候，家对面的一间老屋子的屋脊旁长了一棵小树。叶子生得像羽毛一样，秋天会结出一串串米黄色的翅状种子。有人说看着像是可以吃的香椿树，几个男孩子一听来了神，攀墙踏瓦去采了好多叶子下来。捧回家给大人们看，大人们撇着嘴说：哪里是香椿，明明是臭椿吗！香椿没吃到，自然对这种能吃的树叶产生了诸多想象。后来在一个葫芦岛的亲戚家第一次看到香椿树酒红色的嫩芽，还吃到了香喷喷的香椿炒土鸡蛋。这道菜现在成了东北农家菜的代表之一。

俗语云：“雨前香椿嫩如丝”。而在盛京，这种高大的乔木要到五月中旬才开始发芽展叶。乡野山村的香椿则要到小满左右，枝梢才会绽出最为新鲜的嫩芽。作为原产于中国的本地食材，人们食用香椿久已成习，汉代就遍布大江南北。《随园食单》中所载香椿头拌豆腐，“到处有之，嗜者尤众”。康有为曾特意写了一首《咏香椿》赞道：“山珍梗肥身无花，叶娇枝嫩多杈芽。长春不老汉王愿，食之竟月香齿颊。”香椿芽肥厚鲜嫩，绿叶红边，犹如玛瑙、翡翠，并具有别样的馥郁气味。当然也有人对它的味道嗤之以鼻，但等到把洗好的香椿芽放入沸水焯过后，其嫣红的叶芽不但变得翠绿，味道也柔和了许多。然后随你的喜好，做上一道香椿鱼或香椿炒鸡蛋端上桌，再挑剔的人也会被它的香味吸引到餐桌前来。

如今，妈妈在自家菜园旁种了两棵香椿树，每年暮春时分都会生出惹人喜欢的嫩芽。妈妈总会采下一些分给我和小妹一家一把，算作这个春天最后的纪念。一进入盛夏它就长成遮云蔽日的大伞盖啦。说到香椿树，它还是长寿的象征，出自《庄子》逍遥游：“上古有大椿者，以八千岁为春，八千岁为秋。此大年也。”成语“椿萱并茂”中的椿和萱指的是椿树和萱草，分别代称父亲和母亲。因为香椿寿命很长，而象征母亲的萱草可以使人忘忧。六月一过，父亲节就快要到了，快学着给爸爸妈妈们做上一道香椿美食吧，祝全天下的爸爸妈妈们——椿萱并茂，四季安康。

酒红色的香椿芽，香椿炒鸡蛋。

▼

香椿鱼

① 材料：

嫩香椿芽200g、鸡蛋一个、玉米淀粉40g、面粉80g、料酒6g、豆油适量、椒盐适量。

② 做法：

1. 将香椿洗净，用开水略烫、控水，粘匀玉米淀粉。
2. 鸡蛋液加盐、面粉、料酒调成鸡蛋糊。
3. 炒勺内倒入适量豆油烧至5—6成热，将粘好面粉的香椿芽裹上蛋糊投入炒勺内炸熟捞出即可。
4. 依个人喜好，食用时蘸椒盐或红椒碎。

香椿木须酱卷干豆腐

① 材料：

嫩香椿芽100g、鸡蛋一个、五花肉丁100g、干豆腐两张、豆油、生抽、料酒、花椒粉、盐适量。

② 做法：

1. 干豆腐切成长方形小块，用热水焯烫，沥干码盘。
2. 香椿切碎，五花肉丁打入鸡蛋，再拌入生抽、花椒粉、料酒后拌匀。
3. 热油锅倒入肉丁蛋液炒八成熟盛出，余油放入香椿碎略炒，倒入炒好的肉丁蛋调味同炒，制成香椿木须酱。
4. 用切好的干豆腐卷上香椿木须酱食用。

香椿鱼，香椿木须酱卷干豆腐。

▼

一季一会

春

- 记录早春里你遇见的第一只蝴蝶、蜜蜂和家燕的时间。
- 找一朵五瓣丁香花。
- 洋槐花开时，在花树下野餐。
- 做一碗榆钱蛋花汤，炸一盘香椿鱼吧。
- 找一朵白花蒲公英，编一只蒲公英手镯。

气象上入夏的定义

连续5天平均气温稳定≥22℃的第一天为夏季的开始日期

连续5天平均气温稳定≤22℃第一日的前一天是夏季的结束日期

沈阳一般在每年的六月中旬入夏

夏

六月的盛京城，绿树成荫，花草繁盛。
广场上，路径旁，
柳枝依依如烟，白杨冠盖如伞，
洋槐、皂角、小叶朴投下越来越浓的
树影，隐约迷离。
乡下正是一番农耕的繁忙景象，
农夫们忙着插秧、蓄水、施肥。
河塘上也铺开了浮萍，
浮萍下多了小草鱼晃动的身影，
还有一对紫燕斜掠过河塘。
空气里充满着各种植物的气息，
草叶的小清新，花朵的小香甜，
此起彼落，如影随形，
让人想起久石让的
那首《菊次郎的夏天》。

草木历。

夏

初夏的和风中，夏花羞怯而灿烂地绽放。

时雨及芒种，夏至果飘香

芒种那天去早市买菜，看见许多家燕炫着“飞行特技”，在巷子里穿行，低低的，嗖地从你面前掠过，翅膀上银光闪烁。在一间车库门旁，发现一个燕子窝，半月形的巢里一只雌燕安静地孵蛋。早市边的平房住着许多外地的租户，一个微微发福的中年女子正站在树荫下喂小鸡，洒下的小黄米被地上几只小黄鸡崽屁颠屁颠地争抢着。一对黑色的鹩哥儿，也跟着凑热闹，中年女子亲昵地喊着它们的名字，抛在空中的小米粒总能被它俩准确无误地接住，让地上绒毛还没有褪去的小鸡雏儿望米莫及。

“叶底青青杏子垂”。

▼

近水的植物开始茂盛起来，水柳儿的长枝条，菖蒲的碧绿叶剑。黄瓜、豆角、倭瓜的枝叶蔓延，爬上了架，开出了花。清晨总是被窗外的鸟鸣叫醒，最近母鸡下蛋后炫耀的叫声也加入进来。空气里的花香变得浅淡，不如盛春时浓烈，更多的灌木和乔木开始绽开一串串花蕾。辽东水腊、山梅花色如白玉。皂角树的花穗藏在叶子深处，直到树下石板路上落满草绿色细碎的花靡，你一抬头，才发现早开了一树的如火如荼。当空气中的味道变得香甜时，我发现各种颜色的蔷薇花开了，玫红、水粉、淡黄，月白，挤得枝叶想舒伸一下，露个小脸都难。

草地上，妈妈早春时播种下的花籽，已开出一片细碎迷离的花田，主角是各色的矢车菊和虞美人。矢车菊是一种非常好玩儿的花，它的花冠由许多小花组成，但周围的一圈都是些没有花蕊的无实花。真正的花被围在中央，是许多蓝紫色的小吸管，管子里藏着一个雌蕊和许多粘满花粉的雄蕊。微风一吹，雨点一打，小细管子就一歪，跟着冒出一股花粉来。香喷喷的花粉吸引了许多昆虫驻足。它们一来，矢车菊就奉献出一点花粉，吃也行，沾在身上也行，只要带点到另一朵矢车菊那里做见面礼就好。还有一个园林品种的矢车菊伪装成小蓟的样子，比纯种的矢车菊更吸引昆虫，好几只绿带翠凤蝶这几日天天奔过来。其实自然是一个很大很大的故事，有无限的可能，我只能用很小很小的细节，欣赏它，讲述它，爱上它。

夏至将近上的毛樱桃红了，天气也热了。女孩子穿上了漂亮的裙子和凉鞋，露在凉鞋外的趾甲也如火热的夏日般色彩斑斓，湖蓝、嫣红、苹果绿、蔻丹粉。黄昏时一大家子人围坐在园子里烧烤，几串牛羊肉、几串青虾、几串香菇鸡翅。喝几口黑麦扎啤，孩子们开心地笑着，一会跑到园子外，一会蹿进来讨只烤好的鸡翅啃得满嘴都是。五岁的小外甥听哥哥说我会吹口哨，就一定要我现场给他吹一个，吹了首《两只老虎》，小家伙一撇嘴，姨，给我吹个《嘀嗒》呗。要不，给我吹个《荷塘月色》也行。哈哈，我笑着拒绝：不会不会。天色渐渐地暗了，通红的炭火明灭，篱笆外的宿根植物也开始开花了，百合、亚麻、石竹花、石碱花、金盏菊、黑心菊、大花萱草。白天里被日光冲淡的花香，这会儿伴着晚风四下飘溢开来。花香草影里，已看不清眉目的小外甥在那儿自顾自地唱着：嘀嗒嘀嗒嘀嗒，时针它不停在转动，嘀嗒嘀嗒嘀嗒，小雨它拍打着水花……

▲
盛开的黑心菊和撅着屁股采蜜的小蜜蜂。

芒种时分，白色蔷薇。
▶

端午节，买了几个香荷包挂在家里。笔架上挂一个，台灯上挂一个，三角架上挂一个，连厨房的冰箱门上还粘了一个。一进门就能闻到淡淡的草药香。从冰箱里拎出一根芒果味的冰糕吃，站在北阳台上，看见楼下绿树成阴，杏子的鹅黄在枝间跳跃，栾树的花串连成了片，这时，飘过一朵乌云，吹起一阵北风，刷刷刷地下一会儿雨。不远处的天还蓝着，日光熹微处浮着几片白云。还没等吃完手里的雪糕，雨便停了。

林密知夏深，仰看天离离。
荷气夜来雨，百鸟清昼迟。
微风不动苹，坐看水色移。

小暑开轩卧，大暑汗珠融

七月，火伞高撑，暑热蒸足。铺上竹凉席，打开屋子所有朝向的窗户。涌进来的风都是热烘烘的。雨水充沛，植物愈加繁茂，草地上的各种野草疯长着，你缠着我，我绕着你。牵牛花爬满了院墙，在清晨时分吹起一朵又一朵粉红色的小喇叭。露珠缀满青草尖儿，鸭跖草的蓝紫色小花在裙脚边儿开得若隐若现。草窝深处藏着被连日的雨水浸透的大树根，树根旁一丛丛琥珀色的小草菇钻出地面，像一把把玲珑的小折伞。池塘水面上飘转着鹅黄色的荇菜与花之下绿茸茸的椭圆形叶子，这儿一簇，那儿一片。水底的青石上映着几尾草鱼的投影。

花园里地瓜花开了，美人蕉花开了，还有一大片的射干和卷丹。正午时分，各种颜色的小太阳花开满小路两边，栅

丰收的菜蓝。

▼

栏上堆满了旱金莲翠绿色的小圆叶和金灿灿的花朵。菜园里的果蔬摘也摘不完，黄瓜、豆角、枸杞、面包茄子、苏子叶、倭瓜尖儿。妈妈一清早就忙着浇水、除草、掐尖、打岔，给倭瓜花、葫芦花们授粉。院子里的水盆里冰着刚摘下来的细黄瓜红柿子黄杏果。西瓜是当季最受欢迎的水果，摇着大蒲扇吃冰镇西瓜永远是盛夏时分最幸福、最惬意的事。

▲
挑着竹竿，打了一树黄杏。

大暑前后，雨下了一天，到了午后三四点钟，雨仍悠悠地下着。天气闷热而潮湿，河水涨满。林荫下的石板路，石缝处生长出许多绒布一样的绿苔藓，给青石板镶上了好看的边儿。

廊前的月季花香缠着雨丝、绕着水汽飞得满院子都是。紫色的豆角花一串一串的，末梢带着温柔的蔓儿，打着卷儿爬上了栅栏、爬上了晾衣绳、爬上了窗台。坐在屋子里都能看到它窗花一样好看的剪影。葫芦的枝蔓则在院门上绾成一个弧形。五角形的绿叶子，婷婷的花茎吹起了喇叭样的白色小花。已经垂在那儿、悄悄长大的几个淡青色葫芦还披着细密的绒毛，绿蓑衣一样。只见雨滴在上面渐渐饱满，然后迅速划了个弧线坠了下去，水晶样的光，霍地一闪。母亲养的几只芒果黄色小鸡崽儿在被雨淋透的草地上嬉戏，啄到一只蚯蚓，便叽叽叽地叫上几声。孩子做好了功课，穿了大人的鞋子，啪嗒啪嗒地跑了出去，淋着雨，开心地跳着，清脆地笑。

雨还在下着，没有停的意思。

赤日几时过，清风无处寻。经书聊枕籍，瓜李漫浮沉。
兰若静复静，茅茨深又深。炎蒸乃如许，那更惜分阴。

夏

赏花录。

▲
宿根亚麻特有的瑰丽蓝色令世人着迷。

最消暑的事，等花开

六月的阳光，亲切暖和，仿佛一幅色彩缤纷的儿童画，带着那么点不真实。花坛里一串红、紫牵牛、黄葵花组成一道三色彩锦。草地上四处蔓延着不知名的小草花。月季花落下的花瓣大得像个盛着香蜜的小碟子，红的像火，白的像月光，又滑又有光泽。更多的蜜蜂和蝴蝶飞过花坛和灌木丛。蜜蜂去月季花瓣的迷宫里散步，蝴蝶却在花树前寻寻觅觅，跳着忽高忽低的舞步。爬来爬去的瓢虫像新上了漆的玩具。妈妈菜园里的豆角、黄瓜、西红柿都爬上了架，开出了黄色、紫色、白色的小花。卷丹花开，橙红色的花瓣一片一片

地打开，弯卷，上面不知什么时候洒上了点点黑芝麻。接力比赛一样，一个一个地卷开。牵牛花清晨吹起了小喇叭，还没到中午就闭上了嘴巴。最喜欢看那些花骨朵，像迷你的蛋卷冰激凌。葫芦花开在傍晚时分，随着夜幕的慢慢坠落，她那青白色、薄而软的花瓣缓缓地舒展开来，直到现出散着淡黄色花药的蕊来。植物们的魔法如同花粉般附着在我们每个人的身上，让每天都有那种安详静谧、光阴止步的感觉。

推荐观花地点：沈阳世博园艺公园、森林公园、市内各大公园、浑河沿岸公园、街头巷尾。

地被野花

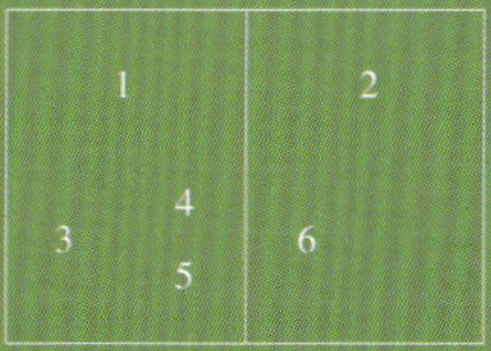

1 草地早熟禾。

2 牛膝菊。

3 委陵菜。

4 看麦娘。

5 打碗花。

6 夏至草。

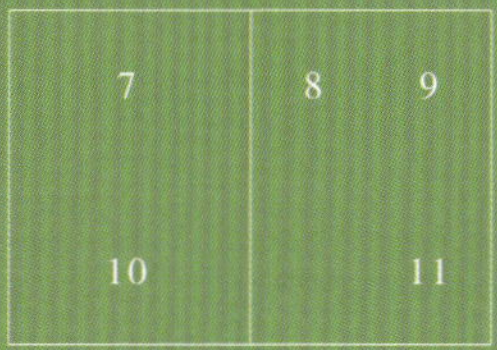

7 宿根亚麻。

8 香芥。

9 糖芥。

10 益母草。

11 鸭跖草。

观赏花卉及小灌木

1 萱草。

2 金盏菊。

3 缠枝牡丹。

4 黑心菊。

5 葫芦花。

6 石碱花。

7 柳叶绣线菊。

8 卷丹。

9 射干。

10 麝香百合。

11 金百合。

12 矮石竹。

13	14	15	16
17	18	19	20

13 屈曲花。

14 萝藦花。

15 辽东水腊。

16 狼尾花。

17 桔梗。

18 牵牛花。

19 紫玉簪。

20 矢车菊。

21	22	23	24
25	26	27	28

21 旱金莲。

22 单瓣蔷薇。

23 粉白蔷薇。

24 瑰红蔷薇。

25　宿根福禄考。
26　水柳。
27　太平花。
28　小蘖。

绿化树木及果木

1	2	3
4　5 6	7 8	

1　栾树。

2　暴马丁香。

3　紫穗槐。

4　梓树。

5　枣花。

6　天女木兰。

7　白杜。

8　皂角树。

夏

忆旧集。

▲

纤细而倔强的狗尾巴草。

毛樱桃：夏果凝香

火伞高撑的盛夏，即是绿树荫浓，莺鸟婉转，却仍免不了薄汗透轻衫。然而看似露浓花瘦、焦金烁石的时刻，夏果却在季节的角落里暗暗凝香。

母亲种的毛樱桃树上，红宝石般的小果实一枝枝缠绕，在皱纹绿叶间闪闪躲躲。采摘下来用清水一冲，水灵灵地码在白瓷盘里。孩子见了说，果子上面有茸毛哩。嗯，真的有，迎着光可以看到细细的绒毛，让我想起孩子婴儿时的小笑脸。咬一粒入口，久违的味道让人变得尖锐清醒，霸道的酸感过后是一丝清纯的甜味。让人想起了小时候，校门口卖樱桃的老婆婆，用小白瓷碗舀上满满的一碗，才一毛钱。捧在手里，埋脸就吃，再机关枪似地吐出一排籽儿，说不定明年就能在路边看见它们破土而出的小身影。

去早市买菜，居然买到了几枚青杏半斤沙果。杏皮还青，但果肉离核，一掰两半，白玉色的果肉，湿润的果核，淡淡的果香就飘

了出来。沙果的味道还是涩的，但口感是脆的，让你皱着眉头，却又忍不住要再尝一口，然后不经意地哼起那首青涩的歌：

成长是一扇树叶的门／童年有一群亲爱的人／那些爱我的人／那些沉淀的泪／那些永远的誓言一遍一遍／我们都曾有过一张天真而忧伤的脸／手握阳光我们望着遥远／轻轻的一天天一年又一年／长大间我们是否还会再唱起心愿……

这节气，水果摊上到处都是绿油油圆滚滚的大西瓜。一想到夏天，大抵就会想到西瓜，忘了是哪部日本影片，里面有个小孩子躺在榻榻米上一边吃着西瓜，一边闭着眼睛喃喃：我活着的全部意义就是可以盼到每年夏天吃西瓜。好的大地西瓜，瓜皮油亮，瓜纹清晰，背阳的一面青白。刀刚刚一触瓜皮，瓜皮就咯噔噔地裂开大半，用力一掰，清凉四溢。瓜瓤不可过红，最好是蔷薇粉色，还覆着薄薄一层白霜，吃在嘴里，甜爽多汁，生津杀渴。如果是在冰箱里冰过几个小时的，那吃起来更是暑气全消，内外透凉，真的像汪曾祺老先生形容的，连眼睛都是凉的。

如此吃法，让我想起有个成语叫做：沉李浮瓜。说的是古时候人们把李子和瓜儿放在清凉的水中浸泡，然后食用，是一件消夏解暑的快乐之事。儿时在乡下，炎热的夏天，我们也常引井压水。压上满满一铁皮水桶的地下水，冰凉清透，冰镇效果比现在的冰箱还好。把菜园子里新摘的香瓜黄瓜洋柿子投进去一镇，只消一会儿黄瓜就清凉凉地可以吃了。先用两只手转着将黄瓜身上的小刺儿揩尽，冲洗一下便迫不及待地入口了。咯嘣咯嘣一口一口地咬着嫩黄瓜，清新清脆的味道，给酷暑里增添了一份难得的惬意。

洋柿子要多冰一会儿，要看到它在井水里从鲜红欲滴变成绯红色，就知道它凉透心儿啦！抓起最大的那个，除去底部的翠色果蒂，使劲一掰，粉色沙瓤，泛着玉色莹润的微光，咬上一大口，酸甜酸甜的，还有一股特有的植物香气，好吃得不晓得姥家姓什么啦！

香瓜也是那时候的大爱，东北人多种的不是西瓜是香瓜。记得有一年大旱，姥爷种的白玉香瓜，沙棱棱的，甜丝丝的，吃得我齿颊留香，久久不能忘怀。还有一种香瓜去皮后，瓜肉绿酽酽的，细密的籽儿都浸在橙红的瓤里。瓜肉甜而脆，每次都吃得意犹未尽，连瓜瓤也不放过，一股脑儿地吃进肚子里去，籽也吐不出几个。于是姥姥就说：吃吧吃吧，明年你肚里就结香瓜啦。

想来，北方人总记得这些相伴人生每个夏天的香味和快乐，南方人也一定忘不了儿时梅子酸齿牙、溪头剥莲蓬的情景吧。自叹韶华逝，夏果凝香味自知。那些熟悉的味道，那些淡淡的香气，那些盛夏的果实，就这样任由时间的累积，在回忆里，在心底里，挥之不去。

酢浆草：重返童年的门钥匙

酢浆草，又叫三叶草。我们小时候叫它覆盆草，因为姥姥种看豆、灯笼花和荷花令箭的花盆里总是长满这样的小草花。每到春夏之间，田间陌上也经常绣着这一片那一片绿绿的覆盆草。它的花是淡淡的黄色，开得黄豆粒那样大。它的小果实像被施了魔法变小的豌豆荚，可以在阳光下噼里啪啦地炸开，比芝麻粒还小的棕黑色种子迸得哪儿都是。

小时候，常用那些小花草和小伙伴们过家家。把小草和五颜六色的小花捣碎，当作米饭，当作各种菜式……长大后发现居然有人小时候还吃过三叶草，说叶子是酸酸甜甜的，膨大的小根茎吃起来像脆生生的小萝卜。真恼火，我们玩过家家的时候，装模作样地在那儿品尝，竟没想着真去尝尝它。

周作人先生的《药味集》里有一篇《野草的俗名》，里面写到的“咸酸草”，说的就是这种黄花酢浆草。文中引了《本草纲目》对酢浆草的描述：“苗高一二寸，丛生布地，极易繁衍，一枝三叶，一叶两片，至晚自合贴，整整如一。四月开小黄花，结小角，长一二分，内有细子”。文中又说：“苏颂曰：‘初生时小儿喜食之’。”看来这家伙还是最早的儿童小食品。

酢浆草没有明显的茎，叶片可以说自根际直接长出，具有又长又细的叶柄。叶片则由三枚倒心形的小叶组合而成，偶尔会出现突变的四枚小叶组成的个体，即俗称的“幸运草”。一片片绿叶像一把把清丽的竹蜻蜓，怕是只有“小叮当”才有资格撑着它四处逛荡。这几年家里养虎皮兰的花盆里常会自生出几株三叶草来，自顾自地爬得满盆都是。妈妈说这是覆盆草，除了它吧，要不影响花枝生长。我却舍不得，就让它在我家里快乐地匍匐蔓延吧。有天惹爱人生气，我闷了半晌，转到花盆间采了一瓣心叶默默地塞在爱人手心里。他张开手掌，那片青翠的心形小草叶静静地睡在手心里，他看了又惊又喜把我拥进怀里。方才还是冰雪纷飞的小房间，转瞬间草长莺飞，春暖花开。

在初秋的阳台上读书，不经意间，竟听到了它打开干燥种荚的一声，银色小种子洒满红木地板，我不禁抿着嘴笑出了声。哈，如果可以像哈利波特似地找一把可以重回童年的“门钥匙”，那我的“门钥匙”一定是一叶动人的三叶草。

那童年的快乐时光，就像绿绿的三叶草，绿得让人心疼。

▶

孩子采来一大束毛狗儿，于是姥姥信手给他编了一只小兔子。

1. 先把采来的狗尾巴草进行筛选，同时除去细长的绿色叶片。
2. 两个长短、粗细差不多的狗尾草作小兔子的耳朵，然后用另一个缠绕出小兔脸的轮廓。围着长耳朵绕两小圈就可以，注意要缠得尽量紧一些。

狗尾草：大自然的最好玩伴

铁凝写道："要是你不曾在夏日的冀中平原走过，怎能看见那些狗尾巴草呢？要是你曾在夏日的冀中平原走过，谁能保证你就会看见那些狗尾巴草呢？"是呀，绿油油、毛茸茸的狗尾巴草四下散布在各个角落，平常得几乎意识不到它的存在，可它确实存在着，在我们儿时的每天夏天。修长的叶，毛茸茸的草穗，茂盛而快乐地生长在夏日的阳光中。惹得人情不自禁地去采摘。还记得小时候我们都管它叫毛狗儿，关于它的玩法也特别多。农村中许多大孩子会极灵巧地扭折着草茎，编出小马小狗，拖着轻忽忽的毛尾巴，赏赐一般送给小孩子玩；我和妹妹则精心地绾结一枚草戒指小心翼翼地套在自己的小手指上。男孩儿们就地取材地用毛狗儿来搞恶作剧，薅下两根递一根给你的小伙伴，然后自己拿一根横叼在唇间，狗尾露在一头。然后故意说，"我教你用狗尾巴草吹口哨，来像我一样……"待对方也叼好，一把将草猛抽出来，之后就可以看着对方满嘴的绿毛毛放声大笑啦……

记得连当时已经上高中的小姨也很喜欢毛狗儿。她喜欢采那种已经变成黄色的毛狗儿，一采就是一大束。抖掉里面细碎的草籽，

3. 选两个短小一点的狗尾草做小兔子的四条腿。
4. 最后别忘了缠上一个短一些的小尾巴。

插在一个月白色的陶罐里，摆在她的小木头书桌上。现在走在花园的路旁，还偶尔可以见到狗尾巴草，一见它在夏风中摇晃着小身形，仿佛就回到了童年的时光，读着小小童话，童话里的狗尾巴草可以说话，跟我讲它们在风里听来的趣事。

花草游戏：不能摘取自然保护区、公园里的花草。请维系与植物的和睦平衡。

草黍子：一帘草色入旧梦

小时候，到了夏天家家户户都要挂门帘，门帘多是自己动手做的。那个时候，只要一开春，姥姥就会在园子边种上一小片叫做草黍子的植物。草黍子的叶子是细窄的，等它长到和玉米障子差不多高的时候，就会开花结果。果子是桃圆形的，外皮光滑坚硬，佛珠大小，色调多为藏青或鸽灰色，偶有米白色。乡人会把它们晒干了来穿草珠门帘，不用涂漆就自带天然的晶润光泽。

初夏，姥姥会一连几个傍晚在院子里穿草珠门帘。先把颜色接近，大小均等、饱满的草珠挑出，一个个用锉刀将两头挫平；再用针将它的穗芯挑出来，它们就变成一粒粒空心的小圆珠了。一般姥姥还会在乡村口的杂货店里，买些草绿、

草黍子学名叫做薏苡。薏苡总苞可作装饰用，野生的颖果更圆润，具珐琅色的光泽，制作门帘和手珠串都很好看。

▼

桃红和杏黄色的细长塑料管儿。剪成一寸长的小段，然后一根棉线上先穿三颗草珠，再穿一段草绿色小管，接着再穿三颗草珠，然后是桃红色的小管……如法炮制最后串成一挂好看的门帘。往门前一挂，不但看起来质朴敦厚，晚风吹还带出一股植物的清香味儿。

看姥姥穿门帘那会儿，我和妹妹也不闲着，用姥姥淘汰下来的小草珠和小塑料管穿成小手链，戴在腕上四处炫耀；或者用小小塑料管儿蘸了肥皂水呼呼啦啦地吹泡泡玩。有村里的巧姑娘还能在门帘上穿出条纹、波浪、花朵的图案，帘梢处还配上一个个心形的香草荷包作穗儿。这样的草珠门帘就是送给城里的亲戚朋友也会赢得啧啧赞叹。

很多年过去了，现在很难再看到这样的草珠门帘了。到处都是一帘幽梦琼瑶式的装饰珠帘，五彩缤纷的有机玻璃珠子，还有水晶和花朵串在一起，好看是好看，但是挡不住小型飞行物，而且价格不菲。乡下早也没人亲手制作草珠门帘了，于是草黍子这种植物慢慢地在田间地头绝迹了。

夏天又至，真的很想念姥姥和她亲手穿的草花珠帘，要是能有一个草珠帘挂在门前，散发开轩闲躺，一池草色入帘，那该是多美的一件事啊。

薏 苡 仁

又名薏米。为禾本科植物薏苡的种仁。其性凉，味甘、淡，入脾、肺、肾经，具有利水、健脾、除痹、清热排脓的功效。由于薏苡仁比大米、小麦热量高，且富含脂肪、多种氨基酸、大量的维生素 B1、维生素 B2 以及钙、磷、镁、钾等，因此，对于久病体虚及病后恢复期的患者来说，是一味价廉物美的营养品。花期 7—8 月，果期 9—10 月。果实成熟时，总苞坚硬而光滑，内含 1 颖果。总苞椭圆形或长椭圆形，可制美工用品。颖果含淀粉及油脂，供食用或酿酒，茎叶可造纸。

鸭跖草：喝露水的蓝蝴蝶

“我从山中来，带着兰花草。种在小园中，希望花开早。”相信大家上学时都听过这首台湾校园歌曲吧。简单的歌词轻快的旋律，再配上刘文正明朗的歌声，常常会不知不觉地跟着哼唱起来。而歌中唱到的兰花草，在想象中定是一样的清新、淡雅，平凡却又美丽吧。

过了很久，才知道原来歌中的兰花草，竟是儿时在乡野间随处可见的鸭跖草！鸭跖草是种脆嫩多汁的野生草，一般生长在土壤湿润的水塘边。喜欢爬山的人大约都见过它。在

山涧沟底，常会一丛丛地冒出绿意。所以一旦你见到了鸭跖草，离水源就不算远了。

鸭跖草的叶子极像竹叶，茎干有尺把高，沿着地面匍匐生长，还一节一节的，因此我们小时候都叫它竹叶菜。到了夏天，鸭跖草的植株顶端便长出一个鸟喙状的小花苞，继而从里面次第开出宝石蓝色的花来。一般会有两个花瓣很薄，鲜亮的蓝色，好似风中飞舞的蝴蝶；花蕊是嫩黄的，柠檬的颜色，在花瓣的下方好似吹起的小长号，又像是游乐场里的弧形小滑梯；而莹绿色的花萼盛托着如此精巧美丽的小花儿，在阳光下仿佛洒上了带魔法的银粉，晶莹剔透，熠熠生辉。

鸭跖草花的寿命非常短暂，清晨开放，中午旋即凋谢。但它很会保存“实力”，每次只肯拿出一朵花开放，余下的花都收藏在花苞里，就这样凋谢一朵再开一朵，直到整个花苞里的花全部开遍。因此，鸭跖草的英文名叫做dayflower。鸭跖草的日文名称叫露草，现在想来大概也是指它的小花朵生命短促如朝露的意思吧。这名字让我想起小时候有个小伙伴告诉我说：清晨竹叶菜上的露水喝起来像糖水一样甜。有一天早上，我真的很早就去看了，晶莹的露珠正在两片包着的嫩叶子间闪着光，我轻轻地掐下了两片叶子，把露水送进了嘴里。似乎没什么特别味道，但感觉得很奇妙，好像自己喝了什么集天地灵气自然精华的琼浆玉液似的！有时候童年记忆就像这花叶间的露珠，瞬间就消失了；谁料草木有情，这年年岁岁的幽幽香气，偶然之间就唤回了那似水光阴中的某个奇妙时刻，让人又惊又喜，唏嘘不已。

岁食记。

夏

▲

焯菜花开，拂金波涌，黄萼裳裳。

绿树成阴子满枝，
桲椤叶饺团团食

邻居奶奶从营口串门过来，给妈妈带来了一摞翠绿的桲椤（po luó）叶，兴致勃勃地教妈妈做了一顿东北的民俗小吃——桲椤叶饺。制作的过程实在有趣，怎么看都有点像我们小时候过家家。

先把桲椤叶洗净，用清水泡着，然后和面，用三分之二的白面加三分之一的淀粉，和成稀面糊。桲椤叶饺的馅可以自己搭配，妈妈做了小白菜猪肉馅的，邻居奶奶家做了三鲜韭菜馅的。包的时候，要把桲椤叶子平摊在左手上，用一个大羹匙舀一勺面抹在叶子上，不要抹出叶子边缘，不要抹的太厚也不要太薄，然后再一小勺馅，将馅放在摊开的面皮中

桲椤叶做的东北的民俗小吃——桲椤叶饺。

▼

心，最后把叶子对折，把没有封好的叶子边缘捏紧。折线最好是垂直于纵向叶脉，顺着叶脉折，买相不好看，还容易露馅。包好的椁椤叶饺直接摆在盖帘上，跟蒸饺子一样，上蒸锅蒸上15—20分钟，那股清香加肉香就会随着水蒸气飘满屋子。

锅盖一掀，翠绿的叶子变成绿茶色，急不可耐拎了一个放在小碟里，拉开叶子的一边再那么一抖，变戏法似的出现一个莹白如玉的大饺子，还印上了好看叶脉花纹，沾点三合油吃，鲜香的饺子馅，配上劲道的皮儿，油而不腻，还带着一股子浓郁的林木气息，吃得神清气爽，惊喜无比。

跟邻居奶奶一聊，才知道这椁椤叶饺，当地人也叫椁椤饼，所谓椁椤叶其实是一种东北山上很常见树种——柞树的叶子，每年五六月，柞树的叶子翠绿，巴掌大小，叶缘波浪形，叶脉清晰。到了季节，集市上就有卖的，很便宜。当地人或是去郊外或是上山去寻了小棵的柞树采摘。采好叶子拿回家洗干净了，摊开晾着，用来包椁椤叶饺，具有独特的香味，清香开胃，是一种不可多得的自然美食。

上网搜了搜，这家伙的叫法可是五花八门，什么“玻璃”叶饼、“菠萝”叶饼、“波勒”叶饼……有的说是满族传统食品，有的说是“戚家军”镇守山海关时，戍边士兵生活艰苦，因此有人利用每年椁椤叶鲜嫩时机，制成椁椤叶饼，改善生活。其实想来，很多很多家乡的小吃、特色的美食都是自然馈赠与民间智慧相互交融的产物。现在的椁椤叶以其特有的清香，还成为一种特殊的食品包装材料。每年5月份椁椤树的第一茬叶子是味道最足的，据说都以食品包装的原材料形式出口日本，而椁椤树种植、收割椁椤叶，已成为辽宁河北交界一带山民的主要劳动形式及收入了。早晨3—4点，山民上山开始收割树叶，6点钟运至村收购站进行打捆、装袋。大约下午3—4点钟，运至秦皇岛正大后再把打捆的椁椤叶拆开，挑选去除黄叶、虫蛀叶后，装入统一包装中，速冻保存……仿佛是《舌尖上的中国》第一集的番外篇。

香梗白玉团，风和角粽香

端午将至，早市上多了一位推着小车的阿姨，车上挂满了香荷包、五彩线、彩染的五色纸葫芦。卖江米、粽叶和马蔺叶的也多了起来。

小时候，姥姥每到端午都会早早泡上江米，蒸上一大锅江米红枣馅的粽子。但我却不爱吃粽子，姥姥连哄带吓才会勉强应景吃一个，还蘸光了大半碗的白糖。我更喜欢手脖、脚脖上戴着姥姥编好的五彩线，揣着一口袋煮好的鸡蛋，去学校跟同桌“撞蛋”。姥姥家芦花鸡下的蛋，皮厚个儿大，总是撞蛋的佼佼者。撞蛋前我在莹白的蛋皮上画上小花、小鸟、小兔子的图案，还写上必胜两字，同桌就是在他的鸡蛋上画上地雷、飞机、大炮也赢不了我！

如今，姥姥离开我们很多年了。心灵手巧的妈妈因为跟我一样不喜粘食，也没学会包粽子，五彩线倒是每年都会给我儿子编。但我不能像小时候姥姥那样，在每年的端午第二天带着我和小妹去村外的土路上，剪下五彩线把它们通通扔到路上纵横交错的车辙里，让南来北往的大马车、大解放滚滚碾过的车轮带走它们，也带走一年的苦病灾祸。

今天逛早市，发现一家粮油店，冬天的时候买现炒的毛磕、栗子，前一阵买现烀的花生米、毛豆，这会儿夫妻二人又早早在档口前支起大锅，洗米泡叶包粽子。

泡在水中的粽叶和马蔺叶，据正在包粽子的妻子介绍，粽叶是南方批发来的竹叶，东北本地的芦苇叶还没下来。批来的竹叶要一片片地刷洗，然后沸水焯过，浸在冷水里备用。沈阳人包粽子，多是用江米，或者杂以大黄米、赤豆、大枣，蘸白糖食用。戴着蓝头巾的妻子看起来不过四十几岁，包粽子的手法异常灵动娴熟，七、八秒钟就可以包好一个，不禁一边拍照片一边脱口赞叹。“唉，原来我哪会包这个，是为了维持这个小店的生计，特意回老家跟妈妈学的。”蓝头巾姐姐的语气里略带几分伤感。一直不愿入镜头的男店主，把一只只包好的粽子，两个两个系在一起码在大锅中，个个工整，像艺术品一样惹人喜欢。买了六个粽子，三个糯米红枣，三个大黄米，花了十元钱。离开时新煮好的粽子又出锅啦，温润的米香和着竹叶的清气溢满整个巷口。

夫妻俩在小店门前忙活的画面，看上去那么简朴自然。

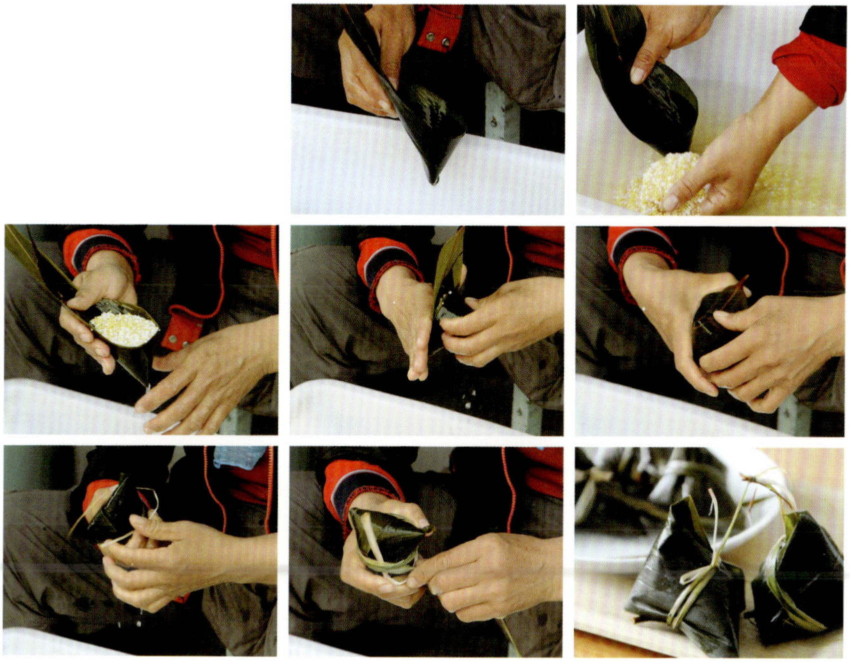

倭瓜花满架，清香入盘来

小暑前后，倭瓜藤一路舒展开来，墨绿色的叶子比爸爸手掌还要大一圈，潮水一般涌上了木头架子。开始还是零落地开出一两朵个头不大的小黄花，没几天，倭瓜花便在众多毛茸茸的倭瓜叶衬托下，一朵朵地开满了架。金灿灿的黄花瓣，像质地上好的天鹅绒，在阳光下鲜艳夺目如节日炫丽的灯火。

如今城里少有人知道倭瓜花是可以入菜的，我们家却每年夏天都会吃出几顿用倭瓜花制作的美食。原来在东北乡下，从夏天一直开到秋末的倭瓜花，是人们偶尔要改善伙食时必做的一道解馋大餐。清晨采摘初放的倭瓜雄花，洗净去

新鲜的倭瓜尖儿，有股特别的清爽滋味，用水焯一下，清炒、凉拌都好。

▼

花蕊，卷上调制好的肉馅，裹稀面煎炸或上屉清蒸，制成口感软香诱人的倭瓜花盒儿，是自小就喜欢吃的乡野美味。

采摘倭瓜花要起早，赶着太阳刚刚露脸儿，花朵初绽，花瓣上还闪着晶亮的露珠。如果阳光把露珠晒干，喜欢吃倭瓜花蜜的小蚂蚁就成群结队地钻进了花心儿，在花蕊中滚得一身金粉，还在舍不得离开。鲜美水嫩的花瓣很容易揉烂，所以采摘的时候一定要小心，用手指甲稳稳地掐断花冠后细细的花梗，轻轻地侧放在篮子里，一朵挨着一朵，尽量不要叠放在一起。

小时候，一放暑假就回乡下，每天清晨都跟着姥姥在菜园子里转悠。我忙着收集障子边、瓜架旁的蜘蛛网，姥姥忙着给倭瓜藤掐尖儿、打叉儿、授粉、采倭瓜花。带着倭瓜蛋儿的雌花每天只开一两朵，却会有大量的雄性花在清晨绽放，用来授粉的几朵就可以了，剩下的就是姥姥说的谎花啦。盛夏的清晨，每天都能和姥姥一起采上一小篮。

洗倭瓜花时要十分小心，先打上一盆清水，把花放进去，用手轻轻地晃晃。如果对花粉过敏，可以顺着绿色的花托摘下，花瓣一片一片连在一起撕下来。花蕊弃之，摘时要轻柔，以免娇嫩的花揉烂而变成锈色。

因为带着第一缕阳光和清晨的甘甜露珠入盘，金灿灿的倭瓜花，绝对可以裹上你喜欢的任何食材搭配，可以炒鸡蛋，可以裹面糊入油炸，也可以点汤吃。还可以与掐下来的倭瓜尖一起晒成干菜，留待冬天和干豆角一起入菜炖烧，那可是冬日特别的清美滋味。

如今每每吃到用倭瓜花做的美味时，我总是会想起姥姥，想起姥姥在夏日晨雾中忙碌的身影。阳光还没洒满大地，四下一片静谧。

炸倭瓜花盒

① 材料：

倭瓜花 15—20 朵、猪肉末、水淀粉、葱、姜适量，油、盐、生抽、芝麻油、花椒粉适量，面粉适量、鸡蛋一个。

② 做法：

1. 倭瓜花去芯，清洗干净，沥干水分待用。
2. 猪肉末拌入葱姜末，盐、生抽、芝麻油、花椒粉，再加少量水淀粉用筷子沿一个方向搅上劲儿。
3. 往花里包肉馅，从去芯的一头开始放，如摘花心时花瓣开了，放好肉馅，卷紧后把开口处朝下码在盘子里。
4. 面粉加鸡蛋加白开水，调成稀面糊。
5. 包好的倭瓜花盒裹上一层稀面糊后入热油锅炸熟，捞出控油装盘即可。
6. 如果嫌油炸热量太高，也可将包好的倭瓜花入屉清蒸 15—20 分钟后，出锅制成倭瓜花盒酿也不错。

摇着蒲扇吃水饭，土豆茄子咸鸭蛋

一年最热三伏天，在这一年中最热的时节里，盛京城的气温有时会蹿到三十四、五度。白日里足蒸暑土气、背灼炎天光；到了傍晚，太阳落下，天气依然闷热粘腻得让人束手束脚懒得动弹，坐在那儿一动不动，也会没时没晌出一身汗。这时候，一家人围坐在桌子前摇着蒲扇，最想吃的就是大米水饭，配上一大盘土豆拌大茄子，再磕开一枚滋滋冒油的咸鸭蛋。

大米水饭的做法很简单，想吃硬的就把刚蒸好的大米干饭或午间的剩饭泡上凉开水，用饭勺子把饭都摊开即可，想吃软的就用生米直接做，比平常做米饭时多放些水，蒸好后用凉开水“过”上几遍就成了一锅清凉爽口的大米水饭了，也有许多人喜欢把大米换成高粱米，做成高粱米水饭也大受欢迎。

腌咸鸭蛋一般在六月的夏至前后。市集上买回来的鸭蛋洗净、晾干后，放在白酒中逐个浸蘸一下，再滚上湖盐一个个码在陶罐里，加入添有大料、花椒、姜片的凉开水。一个月左右的大暑前后，就可以吃到自家腌的咸鸭蛋啦。一切两半分着吃，或独自磕开一个用筷子挑着吃都随你高兴啦。

土豆拌大茄子，酱最好是黄豆酱。
▼

土豆和茄子正是这时菜园子里的主打蔬菜。做土豆拌大茄子，要选绿皮的大圆茄子，去柄去蒂洗净；新起的土豆去泥洗净，不要削皮，一起入蒸锅隔水蒸熟后，出锅趁热用手将土豆皮剥掉、晾凉。撇去茄尿后用筷子把土豆和茄子扯开、搅拌在一起，然后放一些自己喜欢的手撕青菜进去，青椒、小葱、香菜皆可，最后淋上豆瓣酱，边拌边吃。各种食材的原味都保留下来，虽然看似粗糙简单，滋味却咸鲜无比。配上大米水饭，即是下饭菜又是管饱的主食。还有人喜欢把茄子连梗带蒂一起蒸，然后把剔下来的“茄咯吱”（茄蒂）切丝，加盐和芝麻油制成佐餐小菜一起食用。

摇着蒲扇吃水饭，土豆茄子咸鸭蛋。到最后什么也抵不上一顿正当时的自然美食，替我们赶去了炎夏的烦闷和燥热，带来让人心满意足的清凉和自在。

腌咸鸭蛋

① 材料：

新鲜鸭蛋 20 个、细砂盐 800—1000g、高度白酒一小瓶，大料 4—5 朵，桂皮、花椒适量。

② 做法：

1. 鸭蛋逐个洗干净，腌鸭蛋的容器洗净晾干，容器最好是陶瓷或玻璃的。
2. 大锅放入足够的水，加入大料、桂皮、花椒粒后烧开，一边加入细砂盐一边搅拌。关火，晾凉。
3. 将鸭蛋在容器中码好，在晾凉的盐水加入 100g 左右的高度白酒，搅拌均匀后倒入容器，须没过所有鸭蛋。
4. 一般腌制 4—5 周即可食用。

夏

一季一会

- 学包粽子，玩撞鸡蛋，门插艾蒿，戴五彩线。
- 尝一小捧桑椹，熟透的小果实，淡味纯真。
- 听雨，喝茶，吃西瓜，回忆那些光年盛夏。
- 记得抬头望天，云朵很美，红蜻蜓在飞。
- 用狗尾巴草编一只小狗或小兔子吧。

气象上入秋的定义
连续5天平均气温稳定≤22℃的第一天为秋季的开始日期
连续5天平均气温稳定≤10℃第一日的前一天是秋季的结束日期
沈阳一般在每年的九月上旬入秋

秋

草木历。

秋霜洗礼过的绣线菊更带红晕。

▲
横纹蜘蛛的午餐。

立秋添新凉，处暑关北窗

八月初，水面清圆，荷叶漫卷，菡萏花开。市集上买了三只莲蓬，小儿剥了一颗莲子尝，说不好吃，便添水清供在茶案旁。如今的孩子，喜欢的零食是薯条、炸鸡，冰淇淋、提拉米苏。想我们小时候，这时节的零食一定是莲籽、菱角、天天、菇娘儿和甜杆儿。

八月中，早晚气温下降。花露重，草烟低。蛐蛐白天晚上不知疲倦地叫着，在天明时分，则合唱成演唱会的高潮，嘹亮而饱含激情。清晨的草地开满鸭跖草的小蓝紫色花朵，牵牛花总是在晨光中舒展开小火炬一样的花蕾，柔软如纱的花瓣到不了正午，就变成一把把合上的小纸伞。花园里的一棵硫华菊开得礼花一样，一朵又一朵，数也数不清。

秋

窗外的栾树上，一大串一大串深翡色灯笼果在风中竟如铃铛碰撞轻响着；槐树被风拂着，只无声地一扭，就纷纷扬扬地飘出些油黄色的椭圆叶子来。屋脊间、电线上，河道边许多燕子一边集结，一边叽叽溜溜地商量着南飞的行程；水稻一片金色，稻穗沉甸甸的。惊喜发现金银木一枝枝绿叶托着对生的小红果，玛瑙般玲珑剔透。枫树悄悄红了一枝，很是惹眼。孩子们咯咯笑着，在叶子泛红的枫树底下打着秋千，天空格外的高远，大朵一大朵的云也游在空中，被阳光晃得闪着珍珠色的光芒。

▲
红尾巴蜻蜓。

去乡下小住，乡路蜿蜒，树影迷离，稻叶齐，稻花香。田埂上是一丛丛的淡青色的一年蓬、鹅黄色的旋覆花和粉紫色的野苜蓿。河塘边开满红蓼花，紫色鸭舌草花已经很少见了。追一只红尾巴蜻蜓，在稻田深处发现一株鸭舌草花，淡紫色的花穗，清透水灵，顾影自怜。虫子很多，各种各样的，看见和看不见的。许多植物的叶子被啃得只剩下叶脉，成了大自然的镂空艺术品，一只色彩艳丽的横纹蜘蛛正蹲在网中央，准备享用它美味的午餐。

老屋少有人走动，也无人打理。今夏雨水又勤，自落自生的白苏植株长满围栏，遮住了通向茅房的小路。石板路的夹缝中点缀着半支莲和酢浆草的花朵。屋前的一棵桃树只在五一的时候修剪了枝条，如今就结满青青的桃果相报。一架山葡萄挂满串串莹紫的果实，随手摘一串入口，醒喉的酸甜滋味。小姨在后园为一小畦红小豆秧除草，不想遇到了一只花花绿绿的草蛇，吓得

花容尽失。虽是无毒，但终是忐忑，在豆瓣上求助：可爱的友邻们有的说蛇是看家护院的吉祥物；有的说蛇不喜欢噪音，插两个哗啦啦响的风车；有的还让我弄两只猫或者请许仙同学来。其实我想着也许是姥姥回来了，回来老屋看看，看看她种的杏树李树还在不在。

停在叶间小憩的蝽，着一件好看的小披风。

◀

稻花香。

▶

处暑前几日，白天还艳阳高照，燥热难挡，到了晚上却北风渐急，凉风习习。睡前收起竹凉席，关上了朝北的窗。不久，气温骤降到十几度。窗外蛐蛐儿“滴滴”叫着，有气无力。婆婆家的屋檐下一窝家燕变得拥挤喧闹起来，两只小燕子长大，一会蹲在巢边啾啾叫上几声，一会飞出去兜上一圈。花园里翠菊开满。深紫色和粉红色，初秋的花朵都像灿烂的秋阳一般浓郁。

今年处暑和七夕是同一天，每年这个时候，夜晚的星空是最美丽的。中天之上，璀璨的银河自西南向东北流去，南岸闪烁着天鹰座的牛郎星，北岸守望的是天琴座的织女星。相传在七夕的夜晚，抬头可以看到牛郎织女的银河相会，在葡萄架下能听到他们的脉脉情话。女孩子们还能趁这时向仙女祈祷，企求赋予自己聪慧的心灵和灵巧的双手；恋人们也能祈祷自己的姻缘美满；小孩们则许愿暑假可以永远都过不完。

处暑后，台风来袭。盛京这样一个离海岸线数百公里之遥的城市，如今竟也连遭台风来袭，不得不轻叹人类活动让气候变得越来越不可捉摸。夜雨中一家人去水果店，发现路边一棵山桃树下，种着一株一人多高的曼陀罗。高大的枝叶间缀满了一大朵一大朵银白色的花钟，风雨如槌，钟声清凉，跟着山桃树的细叶落了一地。

水满田畴稻叶齐，日光穿树晓烟低，

黄莺也爱新凉好，飞过青山影里啼。

▶

左：小荷才露尖尖角

右：雨久花科鸭舌草

白露青天远，秋分雨萧萧

九月天高人浮躁。早市归来的菜篮子里装满润肺、祛火的丝瓜、冬瓜、山药、百合和莲藕。水果摊上是红沙果、紫葡萄、雪梨、苹果、石榴和鲜枣的天下。路边有挑担的农人在卖山里红和红菇娘儿，还有一种青绿色的野生猕猴桃，个头只有大指甲盖儿那么大。

洋姜花开了几日，就急匆匆地轻卷花瓣；海州常山别致的小花格外惹眼；鸡冠花开得像故作深沉的绅士；黄芯粉瓣的马缨丹，像点了胭脂的豆蔻小丫；绛红、水粉色的大丽花开在微雨的清晨，美得让人忍不住停下脚步。

早上的太阳越起越晚，红艳已歇，败叶风凉，草叶上结满白色的露珠。立秋时的露珠透明如钻，这会儿的晨露莹润如玉。一身嫩绿色运动装的小孩，咯咯笑着追逐一只明蓝色

顾盼香亦远。

▼

皮球，球在草地上打个滚儿就变成了深蓝色。太阳一升起就金灿灿的，晒伤了草尖，染黄了树叶。走在草地林间，牛膝菊的小白花开成一片，偶尔还可以发现一两朵黄色蒲公英，或一枝愀然绽放的蓝丁香，这是它们今年第二次开花了。天空显得又高又远，一群飞鸟欢畅地追着白云几朵。秋天的水清澈如眸，岸边红蓼枯败，芦荻苍苍。南迁的白鹭这几日在浑河桥边兜兜转转，休养生息，多时竟有数十只。它们一会儿驻足独立，一会儿嬉水欢耍，一会儿结伴飞翔，一会儿又鸣叫着飞起排成一线。眼下正是白鹭迁徙的季节，它们会在这里停留七八天，然后继续南飞。

九月中旬，秋雨绵绵，落叶如蝶。燕子低低地飞着还舍不得离开，因为它们的孩子还需要个把月的时间来学习生存的本领。雨后的秋夜，月色格外明亮皎洁，窗外树影蒙眬秋虫呢哝，晚风叩帘拢。早上买了几斤新起土的花生和地瓜，这会儿都码在锅里，坐在幽蓝的煤火上。烀五香花生角和清蒸地瓜都是这一季最丰美的食物。

银杏果。

▼

▲
西府海棠。

秋分三日前，公园里大大小小的菊花展拉开了序幕。妈妈花园里的小叶菊花也开了，蛋黄和棕红，精神抖擞地挤在一处，清涩的香味，淡淡的清气。秋实甜美，幽径蝶飞。银杏树叶开始勾上黄边儿，枝上缀满了牛油色的银杏果，表皮皱巴巴的，像野生的高尔夫球。金银木的小红果在枝叶间闪烁，长长的皂角变成了深茶色，落了一地，小女孩捡了许多，还戴了一个在头上当皇冠。

9 月 22 日，秋分。妈妈在菜园里种下小葱籽和菠菜籽，秋分种，立冬盖，来年清明吃菠菜。古人说：秋分，一候雷始收声。可 27、28 连着两日，乌云闪电，雷声隐隐，雨时徐时急，没有停的意思。栾树的叶子开始变黄，漆树的叶子正在转红。池塘里衰荷半倾、残叶听声，雨中的草场仍是一片幽绿。但狗尾草的穗芒变得黄澄澄的，盛着小雨滴在风雨中飘摇。妈妈又惦记着乡下老姨家的稻田，念叨正是晒黄米的时候下雨，怕是要影响收成了。

窗外西风飘叶，仲秋不远，幽人相对，心事萧条。

▲
霜降过后的
狗尾巴草。

晚秋结寒露，霜降迎初雪

十月初，和家人一起下乡收小豆。大田已经收割完，大堆大堆的玉米堆在地里，等着主人拉回家。水稻颗粒饱满，茎叶尚青，再过十来天就会沉甸甸地低下头。金色的夕阳栖在西天上，照得田野金灿灿的，孩子的短发和毛茸茸的小脸也被镀上了一抹好看的金色。小豆的长荚还采不到一小篮儿，脖颈上就被野蚊子叮了好几口。不远处长长的电线上落满了大大小小的燕子，叽叽喳喳地尖叫着，好像是在开最后一轮南迁动员会。一家人走在长长的金色田埂上，背着光，影子拉得长长的。垄边的野草一边枯败着，一边散发着好闻的香气，草虫嗡嘤，避也避不开，一回头就能望见西天橘色的云彩。

寒露第二天，一场劈头盖脸的大雨过后，气温只有四摄氏度。一丛丛狗尾草，酒黄色的穗子上落了一层晶莹的星芒。白三叶的心形叶子还绿着，却镶上了细细闪烁的银边。花园里仍在开着的那些花儿，每一个名字都好听，牵牛、洋姜、小叶菊、美人蕉、波斯菊，地瓜花、鸡冠花、旱金莲和淡紫色的八宝景天。一个人在厨房里忙活，火上正炖着一锅五花肉。窗外烟雾空蒙，冷雨轻敲。一树的叶子冻红了脸，玻璃上也扑了层淡淡的雾气。傍晚时分，小区北面的锅炉房开始进煤，一辆又一辆大货车运来的黑煤块堆得像小山一样，亮晶晶的。一个人坐沙发上刚刚看完安妮·班克罗夫特和安东尼·霍普金斯主演的《查令十字街 84 号》。正觉得岁月蹉跎，心事寂寥，寂寥如这深秋里的一串鸟鸣，低沉哀婉，时断时续。不禁起身寻去，却只见对面屋顶上五叶地锦的叶子如火苗，楼下的栾树在渐渐昏暗的天色里叶阑如翡，树干黝黑。

▲
上：重阳节，南蛇藤。
下：卫矛的红果子是喜鹊们的午餐。

十月中，碧云天，黄叶地，秋色连波。金色的杨树叶无风自落，落在水面上漫起一圈浅浅涟漪。对岸两棵参天的毛白杨树下，一群小学生正兴冲冲地穿过纷飞的叶雨，七八岁的样子，衣着鲜亮，欢腾雀跃。这样的画面，难免让人也跟着嘴角含笑，心情像徜徉在树枝间“啾啾”叫着的大山雀。佛青色的柏树迎着晨光，一串串小果实裹着白霜，像变绿的阿童木小头盔。低下头来，涂着各种色彩的落叶把土地盖得严严实实的，枫树叶、朴树叶、槐树叶、金银木叶、皂角树叶……你会发现几株早开堇菜正在第二次开花，遍地香躲在日见凋零的草丛深处，仍在开着水粉色的唇形小花。

霜降前一日，刮起了漫天的东北风，细雨伴着纷飞的落叶和雪花。气温降到零下四度。雪花落下来，一会儿就化了，草地上泛着一层冷冷的光亮，明明灭灭。

▲
灰喜鹊。

今天是霜降加重阳。一个人背着相机、提着一瓶热菊花茶去中山公园。天空被昨天的雨雪洗得碧蓝，云朵都被风吹到了少女的脖颈间，化作一抹抹柔软暖和的白围巾。河上的木头桥面结了白霜，像洒了一层淡淡的月光。空气冷冽，撞在脸上凉凉的。忍不住吸了吸鼻子，把手插在上衣口袋里。真冷呀，前几天见到的那些家燕、柳莺和伯劳鸟们，都离开这里飞向温暖的南方去了吧。这么冷的天，它们可吃不消。公园地处闹市区，晚秋时节却少有人来，很多树木都落光了叶子。几位花白头发的老园丁正在树丛间清扫落叶，卫矛的红果子四个一起，像是对坐在花瓣形小转椅里玩游戏。高大的黄檗挂着一串串紫黑色的种子，山荆子宝石红的小果实拖着长长的细尾巴，而金银木的小红果则一对对乐悠悠地做在枝条上荡秋千。小叶朴的果子最可爱，圆乎乎的落日黄，像女孩儿的小耳坠儿，又俏皮又美丽。南蛇藤枯褐色的枝蔓爬满喷泉边的木头长廊，果子第一回见，黄色的外壳爆开，露出的小红果像

被淘气的小孩画的兔子三瓣嘴，簇拥着挤在一起。

林子里是留鸟们的天下，那么多可爱的小果子是它们美味可口的早午餐。在一棵麻栎旁边听了一会儿煤山雀唱歌，又发现一群灰喜鹊在草地和松树枝间嬉耍。不远处的凉亭飞檐上，一对大肥喜鹊正在啄着树尖的卫矛果。三寸长喙叼住一串新鲜的红果子，把树枝拽得远远的，再一松嘴，津津有味地品尝着。跟着一只黑尾蜡嘴鹊钻进了一小片柏树林。透过斑斓的树影，可以寻见几只蜡嘴鹊嗑着柏树的小果子吃。在幽暗的树下静静聆听，可以听到它们发出窸窣轻响和偶尔一声低低的呢喃。像是，对甜果实的赞美，又像是在亲切地呼唤着伙伴。松软的泥地上落着几枚青绿的小柏果。嫩绿的果皮用指甲就可以刺破，里面是一小粒月牙形的小种子，吃在嘴里有股松油脂的香气。和小鸟一起躲在林子里品尝新鲜的小果子，心底浮动着淡淡幸福，还有点自由的悲伤。

十月渐入尾声，银杏叶从青黄一天天变成醉人的金黄。隐在金色叶丛背后的小窗户，窗玻璃被屋主人擦得亮亮的。窗台上一盆红色天竺葵正开着，怡然自得地等着冬天来临。傍晚的一场清雪，裹紧风衣回家，走在风雪中竟有几分兴奋和欣喜。到了夜里七八点钟，雪停了。天空变成幽蓝色，飘着几朵匆匆赶夜路的白云，一轮满月在东方升起，停在高高的杨树梢上，清辉皓渺。那情景美得让人羞于讲话，只想安静地找个人一起分享。

季秋霜始降，向晚雪初迎，
草际乱虫语，林梢残叶声。
月落乌鸟啼，心事若晨星。

◀
上：十月中，柏果。
下：黄檗。

秋

赏花录。

▲
深秋盛开的八宝景天。

最值得的事，等花开

立秋后，昼夜温差加大，夜凉露重。晨露像一粒粒圆溜溜的水晶在草叶间闪烁，夜露却把植物的茎叶打得湿漉漉的。石阶上、木椅上、车窗上都结了一层细密的水痕。

八月中的一个清晨，木栅栏上蔓生的羽衣茑萝开出洋红色五星花冠，像一支骄傲的高脚杯。花开得热闹，叶子也生得迷人。黄昏时分，爸爸在做清蒸鲈鱼，厨房窗子外玫瑰色的胭粉豆花开了。

8 月 27 日。我剪了妈妈花园里的一朵小黄金星，插在冰箱上的水晶花瓶里；还有一支玫瑰红色的波斯菊，三支鎏金的硫华菊，两支插在阳台的玻璃水瓶里，两支留在客厅的古茶盘旁。

9 月 1 日。海州常山花开，从绣着绯红边儿的苞片里钻出的小花朵，奶白色，五瓣，细细的四支雄蕊生得格外旖旎。

秋光无限，心情灿烂。园子里正在开放的花朵，除了菊花、天人菊还有美人蕉、鸡冠花、牵牛花和旱金莲。有些花的花期真长呀，只羡慕它们那持久不倦的劲儿：黑心菊、水柳儿、波斯菊、鼠尾草……竟可以从初夏开到白露。

草地上多是酢浆草、牛膝菊、苦菜花的身影。九月的蒲公英又绽出一朵小黄花来，这一朵那一朵，不及初春的炫丽，却是拼着最后的力气。漫步在九月园子里，发现再一次开花的除了蒲公英，还有一枝悄然绽放的粉色榆叶梅、一小串紫丁香和一朵紫花地丁精致脆弱的小花冠，不禁暗暗惊奇。

9 月 12 日。菜园深处的洋姜花开了，明黄色的花瓣，有九瓣的、十瓣的、十三瓣的，并不拘泥。今天竟在锅炉房旁边发现了一株“野西瓜苗”！它从地砖的窄缝里钻出来，长得羸弱却也心心念念地打了几个花苞，如薄烟罩着的小灯笼，悦人眼目。叹其如何能在这车来车往的路边发芽、舒枝、展叶，不禁双手合十，保佑它能自然、安全地开花落瓣结籽凋零吧。

9 月 13 日晨起大雾。鸡冠花的紫红色火焰正燃得如云如霞，牵牛花和羽衣茑萝爬过了栅栏，攀上了围墙，缠绕着树枝，踏着如烟的雾花，纵上了渐渐晴朗的天空。

过节了。园子外的运河桥边，摆上了庆祝国庆节的盆栽花卉。黄色和绛红色的小叶菊含苞欲放，几大盆鹅掌柴，叶子生得密密实实。景观绿化隔离带上也新种了金色万寿菊、火苗似的穗状鸡冠花，还有一片又一片的洋紫色彩叶草。

十月中。深秋如许，正午阳光融融，发现丁香和兴安杜鹃正孕育着明年早春最先萌发的芽苞和花蕾。枯败的草场上、松树上、假山石上，只要阳光照耀的地方，就能看到豹纹蛱蝶流连的翅膀。池塘上水波荡漾，红锦

鲤贴着水面，一动不动地晒着太阳。两只正在交尾的红蜻蜓，在水面上忽上忽下地飞，偶尔轻扣一下水面，很轻很轻地，还是会慢慢荡出一圈圈波纹来。严冬马上就要来临，植物和昆虫仍旧如此泰然自若，从容地完成着顺应天时的使命。

提着相机辗转在今年最后一个秋日里，拍蓝天映衬下的松果，拍躲在叶下的小瓢虫，拍落在石板路上的红尾巴蜻蜓。当我蹲下身来，把镜头对准草地上的牛膝菊时，秋风乍起，镜头里一朵朵花交颈拥抱着，翩翩起舞。秋风萧萧，落叶簌簌，阳光如熔金碎玉似的，透过日渐稀疏的树影漏将下来。叶子被风摇着，光影也跟着明明灭灭。时近时远地传来鸟声呢喃，不似早春时听到的那么清亮欢畅，更像是在相互深深地祝福或是依依不舍地话别。

情不自禁，心底涌上一阵莫名的感动，感动于自然的从容和美好。恨不能也融入其中，化成一阵轻风，一片落叶，一声虫鸣……

推荐观花地点：沈阳世博园艺公园、森林公园、市内各大公园、浑河沿岸公园、街头巷尾。

地被野花

1 紫苏。

2 莎草。

3 野西瓜苗。

4 芦苇。

5 野菊花。

6 乌头。

7 葎草。

8 狗娃花。

9 一年蓬。

10 东方蓼。

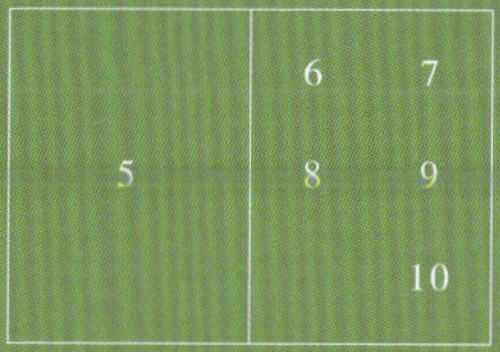

观赏花卉及小灌木

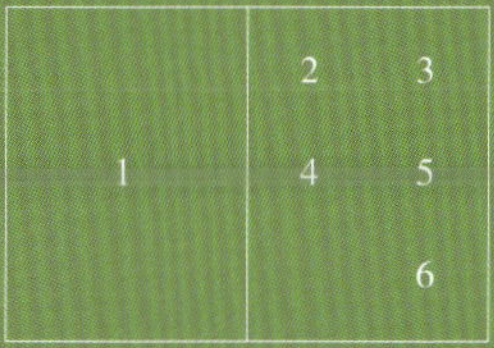

1 翠菊。

2 波斯菊。

3 荷兰菊。

4 串叶松香草。

5 万寿菊。

6 百日草。

7　千瓣葵。

8　菊花。

9　硫华菊。

10　地被菊之玉玲珑。

11　地被菊之紫勋章。

12　大丽花。

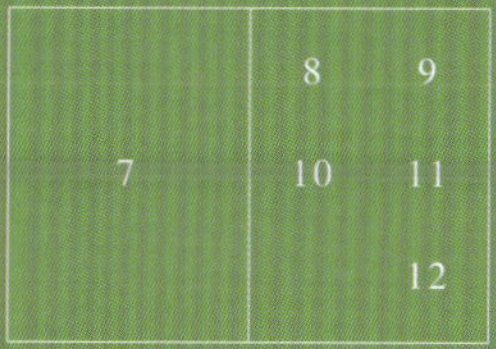

13	14	15	16
17	18	19	20

13　海州常山。

14　美人蕉。

15　鸡冠花。

16　穗状鸡冠花。

17　八宝景天。

18　秋海棠。

19　鼠尾草。

20　马缨丹。

21 荷花。

22 睡莲。

23 一串红。

24 洋姜花。

25 紫茉莉。

26 羽衣茑萝。

21	22	
23	24	26
25		

绿化树木及果木

1	2
3	4

1　火炬树。

2　五角枫

3　朴树。

4　银杏。

秋

忆旧集。

▲

散发着清幽香气的“地雷花”，好看又好玩儿。

紫茉莉：喜欢看夕阳的花

紫茉莉花名字真多。男孩子叫它“地雷花”，因为它的种子很像地雷，于是经常采上满口袋的地雷花籽，用来挑衅、打人、对战。女孩子叫它“胭粉豆”，因为地雷花籽打开后，有细细白白的粉末，像胭粉一样。她们会学着大人往脸上擦臭美。

紫茉莉是皮实的小草花，播下种子不用打理也能长成茂盛的一丛，从夏天一路开到深秋。黄昏时张开花瓣，一直开到清晨。紫茉莉的花形像个细长柄的小喇叭。颜色有粉紫、浅黄和白，但也很容易串种，开出有一半粉紫一半浅黄的花，或者白花瓣洒着红色的小斑点。更有趣的是，有时一棵花枝上开黄花，也开紫花。

女孩们喜欢用紫茉莉的花做耳环。把花蒂连着花蕊从尾部小心抽出，塞在耳朵里，花朵倒挂在耳朵上，再美美地摇一摇，花骨朵显得素雅，盛放的花显得妖娆；这常常是小姑娘们人生中的第一对“耳环”。还可以用它的花做一串花朵项链，盛开的花朵，两个两个花瓣相对，用线串成圈戴在脖子上，同色的花项链用来配花裙子，不

同颜色的花项链用来配白衬衫。

紫茉莉的英文名叫“four o'clock”。住在海边的人们叫它潮来花，因为每天涨潮的时候它就会开。有的地方还管它叫洗澡花、晚饭花。洗澡花开，田间地头忙了一天的大人回到家，抱个大澡盆在院子里洗去一天的辛劳和疲乏；晚饭花开，贪玩了一天的孩子们都知道屁颠屁颠地回家吃饭。好狗护院，雄鸡伺晨，紫茉莉候着黄昏。

那年夏天住在乡下。黄昏时分，小院门口的一排向日葵正低着头酝酿着沉甸甸的蕾，倭瓜和葫芦爬满了架。架下的一丛粉紫色紫茉莉开了，空气里一股醉人的清香。它跟我一样也喜欢看看夕阳下山，天边飞满红霞。男人和长辈们坐在院子里谈着天气聊着庄稼，侃着张家长李家短。我踩着小木凳掐一朵米色葫芦花，掰去花瓣露出清绿色的雄蕊，小心翼翼地给带着瓜蛋儿的雌花授粉。孩子光着小身子，扑通一声跳进晒了一天的陶土缸里泡澡。我陪着儿子说话，他把下巴卡在缸沿上，兴奋地给我展示他手里的地雷花籽，一双大眼睛闪着琥珀一样的光。

狗尾巴花：陌上花开缓缓归

小时候，田野间、沟渠边四处可见狗尾（yǐ）巴花。既然叫狗尾巴花自然是因为那花形生得似狗尾巴啦，女孩子们谁也不愿意采它，更别提把它戴在头上了。可它偏从仲夏开到秋分，别的野花都不见踪影的时候，它们还一穗穗地开着，淡粉簇新，随风摇曳。

那日跟妈妈和三姨姥闲聊乡下的那些花花草草，第一个就提到了狗尾巴花。妈妈叫它“蚂蚱腿”，说此花多生在水田边，一人多高，枝茎错落，枝节处还常常泛着水红色，像极了蚂蚱腿！唉，好端端一株植物被比作狗尾巴、蚂蚱腿，倒真有几分冤枉。可乡下人却叫得自在得意，喜爱之情溢于言表。

三姨姥已是古稀之年，对狗尾巴花也独有着一份美好回忆。她忆起小时候，每到秋末，她就会采了狗尾巴花的油黑小种子，穿针引线做一对手链，还可以穿成好看的菱形图案呢。

现在知道狗尾巴花的学名叫做：红蓼。还有大红蓼和小红蓼之分，其实小红蓼有自己的名字，叫做：水蓼。在古代，水蓼是作为一种重要的调味品被人利用的。它和葱、蒜、韭、芥并称“五辛”，煮鱼的时候把水蓼塞进鱼腹烹调，可去腥味。如今，“五辛”中的其它四味还在被人们广泛应用，唯独这个水蓼已经退出了烹调的历史舞台。它煮出来的鱼味究竟如何，竟是无处品尝了。

如此朴实无华的狗尾巴花，在诗人、画家的笔下却是诗情画意，美不胜收。罗隐在《陪曹使君游》中吟道：“水蓼花红稻穗黄，使君兰棹泛回塘”；白居易诗云：“水蓼冷花红簇簇，江蓠湿叶碧萋萋”；韩偓的《秋村》里也提到：“稻垄蓼红沟水清，荻园叶白秋日明”。它的身影可在历代国画大师的作品中找到踪迹，比如现代著名国画大师张大千、齐白石等人就都画过蓼花图。在这古典的背景下，红蓼总是在半江瑟瑟的深秋散发着一股淡淡的哀伤，有悲秋的轻叹，还有离别的怅然。

如今再忆起这个小时候总不待见的小花儿来，竟也有了几分悔悟，想那开得最久的花呀，想那摇摇摆摆地花呀，等人采摘却总没等来。今年初秋再见，一定满满的采一大把清水供养在明亮的窗台上，读纳兰的“燕子矶头红蓼月，乌衣巷口绿杨烟”给它听。

可爱又可恨的苍耳

如果说，有一种植物可以让我们一想起来，就会一个人咯咯咯地笑上半天，那就一定非苍耳莫属了。小时候，可从没把它当作是一种植物，它在我们的眼里就是恶作剧的道具，对战的武器，无聊时的伙伴……

秋天的苍耳结满深褐色的果实，种子表面很多倒钩的刺。小时候在外面玩，回家来裤腿、袜子上总粘了好多的苍耳子。还有淘气的孩子常会采一些捉弄人。打在毛衣上，扯下来就会把衣服带出毛刺来。打到女生的头发上，半天都取不下来。还会丢到同学的凳子上，等他坐下来扎他的屁股。长大后知道，苍耳果实上的这些刺儿是用来传播种子的。它不像蛇莓等植物的浆果那样，看起来鲜艳诱人，但会钩在人们的衣襟或鸟兽的皮毛上，通过他们来把种子传播到远方。

不久前，读到一篇文章，名字叫做《苍耳心》。没想到，在作家的笔下，浑身带刺的苍耳竟化身为美丽的爱情信物。羞于表达爱意的少女，在暗恋男生的毛衣背面，用苍耳粘贴成一颗心形。原来苍耳的花语是：痴心地偷偷喜欢你。“我把它们一颗颗摘下，像擦去眼角的泪花，然后看着它们组成，依恋的心形，让我看到了逝去的年华。”

秋天里的落叶游戏

深秋几许，落叶缤纷。如虹彩般的树叶落在草地上、小路旁，扇子形、鹅蛋形、五角星形……大自然的恩赐总是如期而至，给孩子们带来特别的快乐游戏。“勒宝”就是小时候常玩的时令游戏。

“勒宝”（也有的地方叫勒皮狗）的玩法很简单。所谓的“宝”或“皮狗”就是秋天里最常见的落叶——杨树叶的叶柄。勒宝就是用这样的叶柄交叉起来，然后两个人分别向相反的方向拉，互相较劲。谁的叶柄先断掉谁就是输家。几轮下来，谁的宝最结实、不会断谁就是赢家。因此“宝”的选择很重要。一个是要选老杨树掉的叶柄，小杨树的叶柄水分多易断，叶柄靠近叶片部分有少量褐色斑点的，这样的叶柄水分含量适中，纤维柔韧。二是要动手磨砺，唾点吐沫在叶

柄尾部，来回反复揉搓，去掉多余水分，最好可以见到丝丝密密的纤维丛，这样你的“超级宝狗”就锤炼成功了。再有就是拔的技巧了，面对强敌要采用车轮战术和疲劳战术，不停用“滥宝”去挑战其“宝狗”，直到把它勒断为止。当然如果你“宝狗”在手，也要留个心眼儿，对于较弱的对手，要保存实力，用次一等的“宝”与之较量。

所以那会儿放学回家，大伙都眼珠向下，盯着路上的落叶，一边还用脚把厚厚的落叶堆踢开，看看能不能叶里淘宝。眼尖的找到“宝狗”定是一个箭步上去，拣起来把枯黄的叶片捋下去，性子急的就要跟人开战了。而那些性子慢的女生会悄悄放进口袋，男生会偷着把宝放在球鞋的臭鞋垫下面，再兴趣盎然地找下一个。这个游戏好玩又简单，大人不管，不花钱没危险，所以大多数孩子都愿意参与其中，自然而然就会生出许多花样来。有女生在勒宝的时候，乘其不备用长指甲把对手的“宝”掐断；也有男生偷偷在叶柄里插进极细的铁丝儿，冒充“超级宝狗”；还有把细细的树枝伪装成叶柄浑水摸鱼的。当然，被发现的下场也很惨，像过街老鼠一样被一群人追打，只好躲进厕所避风头。

长大之后，忙忙碌碌很久不玩这个游戏，直到自己有了孩子，重又和孩子一起找宝，勒宝，一起重温那些个秋天里的快乐回忆。孩子倒是不受回忆的束缚，杨树叶、枫树叶、槐树叶、银杏叶、杏树叶统统捡了来玩。于是我们又拿它们玩树叶拓画。就像我们小时候拓印立柜门花玻璃上的葡萄串和小金鱼儿一样，先将叶子平整地铺在一张厚一点的白纸上，然后用薄一点的 A4 纸或硫酸纸蒙在上面，横握铅笔顺着叶形和叶脉的方向反复涂抹，几分钟就画得满纸秋叶斑斓，让不会画画的人都有满满的成就感。

坐在秋光里，望着满桌子的落叶和孩子的笑脸，总是要感叹时间过得真快，快到生命也开始步入秋天。如果你那里的季节也是秋天，如果你那里也正落叶如蝶，如果你碰巧也正陪着一个小孩一起长大。那就一起出去捡落叶吧，玩玩勒宝，拓个树叶儿，或者学学阿蒙举一片叶子拍照。因为要不了多久，树叶落尽，白雪飘零，满树就只有甜果子在树枝间撞来撞去啦。

秋

岁食记。

一手把黄酒，一手持肥蟹，
这才是入秋第一要事。

金风剥咸蒜，玉露酸黄瓜

七月末八月初，菜市上蔬果丰盛，新蒜上市。不少沈阳人都寻摸着、打听着，眼见着早市上的新蒜筐刚一落地，大伙便呼朋唤友地围上去，你十斤我二十斤地买回家去准备腌咸蒜啦。先摘去新蒜外皮儿和根须，不能着生水，只用手帕一头头地擦得雪白。然后滚上食盐，腌制三日左右，再一头头地码到青花小坛子或小陶罐里；锅上添水加糖加白醋加姜片，烧开，晾凉后倒入，以没过蒜头表面为宜。置阴凉通风处腌渍一个星期左右就可以吃啦。立秋抢秋膘时，蒸一锅芹菜猪肉馅饺子，剥一头刚刚渍好的咸蒜，咸蒜的酸甜爽口配上饺子的鲜香美味，虽是亲切的家常滋味，一样绿叶衬红花般美妙无比。

鲜脆可口的自制酸黄瓜。

▼

以上提到的是我家老妈的做法，别家的做法也都是大同小异。偏爱甜就多放糖，偏爱酸就多放醋。除了腌咸蒜，人们还会腌点酸萝卜、酸黄瓜，小辣椒、小茄蛋、苏子叶什么的。这时候，“秋老虎”还炙烤大地，所以这些腌渍物谈不上什么时间的转化、等待的惊喜，不过是想毫不浪费地利用这些时令蔬菜，腌上个三五日就可以端上餐桌，即解暑又开胃。

八月中，早市上的嫩苞米成堆摊在地上，五块钱六穗。买上几十穗，烀上一锅，满屋子都是好闻的玉米甜味。剩下的放进冰箱里冷冻，留着日后慢慢吃。近几年，因为食物安全问题频出，老人们都跟小动物似的，应季时什么蔬菜都往冰箱里冻，妈妈乡下菜园里吃不完的苞米、茄子、芸豆、豇豆、小白菜统统用水焯过后放进冰箱冷冻，还打电话过来问，你的冰箱里还有地方没？我给你搓了苞米粒、焯了芸豆角快来取！等三九天时红烧肉炖豆角，你准吃得姥家姓啥都忘啦。

语气里竟是孩子般的兴奋和得意。这样的日子，想想也很有意思，又一年的夏天就在这跃跃欲试的秋收冬藏里过去了。

酸 黄 瓜

① 材料：

水黄瓜 4—5 根，盐、白糖、白醋或陈醋适量。

② 做法：

1. 黄瓜洗净，切条，加盐腌 1—2 个小时，滗出水；
2. 把黄瓜条码入干净容量中，加白糖、白醋（也可以根据自己的口味换成陈醋）阴凉处密封 3—5 日即可；
3. 随吃随捞，也可以把腌好的酸黄瓜条切片，加胡萝卜丝、辣椒油、芝麻油调味制成佐粥小菜。

腌咸蒜

① 材料：

新鲜大蒜10斤，盐、糖、白醋、姜片适量。

② 做法：

1. 新鲜大蒜去外皮、剪须，用手巾擦干净，一个个滚上盐，敞口大盆腌3—4天；
2. 滗除腌制过程中杀出的水后，把蒜头码到青花小坛或陶罐里；
3. 锅里添水，加糖、白醋、姜片，烧开，晾凉后倒入，以没过蒜头表面为宜，置阴凉通风处腌渍一到两个星期左右就可以吃啦。

人闲桃果落，月静梨汁甜

处暑时候，在乡下老屋小住。秋阳火热，秋蓬初卷，空气里时不时地浮动着淡淡的水果香气。大门边种了三年的李子树第一次结果，虽然少得屈指可数，却个个都红通通、圆溜溜的，有六岁小孩拳头大小；一架山葡萄挂满串串莹紫的果实；屋前的一棵桃树结满青青的桃果，个头不大，却个个青鲜饱满，一树累累的果实压弯了枝条。树下还落了一地，让一队又一队的小蚂蚁忙得不可开交。

和孩子一起在桃枝间采摘，有小毛虫在叶片上酣睡、有小蜘蛛枝丫间结网、有小麻雀在高高树梢上啁啾。不大不小的果实带着倔强的桃尖和一条弧形浅痕，青青的颜色被细细绒毛裹着，像打着淡淡的柔光。有的让初秋的阳光晒出一星半点、好看的绯红霞光，有的钻进了小肉虫正安静地享受午间的大餐呢。妈妈喜欢捡那些轻轻一摇就能滚落的果实，成熟得刚刚好。用手沿着荚梗处的小窝轻轻一掰，离核的果肉是淡青色的，中间的果肉泛着醉人的红晕，而青冽的鲜桃香气也在这一刻释放出来。

在北方，瓜果梨桃从立夏到处暑一路相伴，是最亲切最平民化的水果。以我的理解“瓜果梨桃”就是地产的应季水果。西瓜、苹果、雪梨、毛桃四样，又便宜又新鲜。三伏天有冰镇西瓜摆在眼前，就能一下子从眼睛清凉到心田；处暑时分，品种数不胜数的苹果、李子、桃、梨上市啦！单单桃就有久保桃、水蜜桃、黄桃、蟠桃等许多品种，可总还是自家种的山毛桃最好吃，最有桃果特有的味道。那是一种妙不可言的甜美滋味，一下子就能激活味蕾，钻进心田，让人想起小时候，和伙伴一起坐在树下，吃山毛桃时甜甜的快乐。所以，这棵树结出的不仅仅是新鲜有机的果实，更是岁月、阳光、雨露和风带来的厚礼，不禁让人满怀喜悦和感激。

隔墙邻居家的野梨树今年也是累累果实。送山毛桃去尝鲜的时候，自然换了一袋野山梨回来。这些梨长相平平，暗绿色的果皮绣着斑斑点点，果肉粗粝。但去皮去籽，切块加点冰糖，制成冰糖雪梨羹却味道出奇好，一人盛上一碗，大口大口地吃得开心不已。

岁月悠悠，果香悠悠。大自然把春天的葱绿，夏天的精华，秋天的甜蜜都装进一颗颗美味成熟的果子里。愿来时一切，永远仿如天意，佳果丰饶。

新压葡萄酒如乳，悠悠世事那得知

三年前，在老屋的葡萄架边种了四棵葡萄苗，两棵玫瑰香，两棵山葡萄。因为老屋少有人住，玫瑰香不到一年就枯死了，出自山间野生的葡萄苗却生长得极繁盛。短短三年就爬满架，处暑时分已是繁葩绥结，悬实珠蹙。山葡萄虽不像培育品种那样颗粒大果肉厚，但生食起来酸甜味美，带着特有野果香气，用山葡萄来酿造葡萄酒，所酿的葡萄酒酒色深红艳丽，绵稠如乳。去年这时候就和妈妈爸爸一起酿了满满一大坛子，白露前后制作，到了寒露节气就可以开轩面场圃，把酒赏菊花啦。

今年的山葡萄丰收，一家人齐上阵，采着各种木凳、椅子、马扎儿，在葡萄架下剪了一上午。秋天灿烂的阳光，把密密的葡萄叶晒成了一把大绿伞，裹着薄霜的蓝紫色葡萄，映出珍珠般的光泽。爸爸带着草帽，从葡萄架的西北角开始，一串一串挨着剪。我是不嫌麻烦地东摘一串，西剪一串。妈妈和爱人一起动手，把葡萄串上被虫蛀蚀的葡萄粒去掉。孩子上蹿下跳的，四处抓胖胖的绿毛虫。

秋天自酿葡萄酒，古而有之。晋代陆机的《饮酒乐》云：蒲萄四时芳醇，琉璃千钟旧宾。盛京近几年平民百姓也兴起自酿葡萄酒的风气，一是生活水平的不断提高，让大家能买起动辄三五百斤的鲜葡萄和十几袋冰糖了。妈妈就说：以前就是家有自产的葡萄也没人去做酒，那么多冰糖别说吃，见也没见过。二是人们尤其是老年人越来越注意健康和养生了，《本草纲目》中提到酿制的葡萄酒，能“暖腰肾，驻颜色，耐寒”。三是越来越多的食品安全问题，让人们更愿意自己动手来制作葡萄酒。而且酿制葡萄酒的方法也很简单，连做米酒时用的酒曲都可以省去。一般葡萄酒有三种不同的酿造工艺，第一种方法是不加酒曲的纯葡萄汁发酵。《本草纲目》中就载有：“凡作酒醴须曲，而蒲萄、蜜等酒独不用曲，葡萄久贮，亦自成酒，芳甘酷烈，此真蒲萄酒也。”

一串串莹紫的山葡萄就装满了筐。

▼

做葡萄酒的第一步是选葡萄，自产的葡萄当然好，但水果摊上选购的葡萄也不错。对品种和价位也没什么要求，只要是熟透的新鲜的葡萄就好。然后是清洗，可以一边冲洗，一边剔除烂葡萄，洗完的葡萄要放在能漏水的筐中晾干。等葡萄表面没有水珠就可以脱粒入酒坛了。这可是一个要有耐心的环节。妈妈常拉着我坐在葡萄架下，一人抱一酒坛，一串一串地把葡萄粒摘下来扔进酒坛。妈妈还把她散步时带的小 MP3 挂在一边，放着她最喜欢听的民歌，边听边跟我聊着过去的故事。一层葡萄一层冰糖地放，用了两个多小时才完成。至于葡萄和糖的比例，一般 10 斤葡萄配上 3 斤糖，还可以根据自己的喜好微调。将酒坛子密封放在阴凉处保存就可以啦！现在这个节气做葡萄酒，发酵时间需要 40 天左右，启封后，捞出浮在上面的葡萄皮，就可以直接喝葡萄酒了。如果喜欢酒劲足一点，只需延迟启封时间就行了，如果希望葡萄酒汁更加清澈透明，可以用细纱布过滤一两回，品相佳味道纯的自酿葡萄酒便大功告成。

待到重阳日，约上三五友人，带霜烹紫蟹，和露摘黄花，便取葡萄酒，醉到南天光。

秋菊开花满地黄，一回雨路一回香。
扶童便取葡萄酒，醉到天南星大光。

切记制作环节中一定要戴上干净的胶皮手套，因为新鲜的葡萄汁有时可能会引起皮肤过敏。妈妈就是不听我的话，结果第二天双手又痛又痒，好几天才恢复。

▼

月圆饼相遗，菊绽蟹膏黄

秋分一过，天清月皎，雁鸣风凉。吃河蟹，送月饼，中秋节的序幕徐徐拉开。

俗话说：九月雌蟹黄满，十月雄蟹油灌。这时候家家户户都会买几只青壮肥美的盘锦河蟹回家。现如今有网上团购的，有大超市里选的，有亲朋好友送的，更有从数百里外的盘锦远道捎回来的。反正在中秋落霜前后，人们总是经不起肚子里的馋虫勾引，或三五朋友分蟹小酌，或蒸上两只美美地独享。中秋节前一天，大哥从盘锦带了一箱河蟹回来，倒入水池，各个都还神气活现，横行霸道。清洗、洒盐、吐砂，悉数拎起入屉清蒸。只需十几分钟，便满屋子鲜味飘香了。一人捉了一只团团坐，孩子选了一只尖脐的雄蟹，我选了一只团脐的雌蟹。孩子吃得粗放，雄蟹膏肥鲜滑，蟹油顺着小手指淌到手腕。掰开石榴红色的蟹壳，我的这一只蟹黄极饱满，呈鲜亮的橙红色，入口鲜香无比。莹白如脂的蟹肉蘸上一点姜丝清醋，一样

肥美，余味无穷。难怪古往今来对螃蟹情独钟的人不胜枚举。清代李渔就赞其“蟹鲜而肥，甘而腻，白似玉而贵似金，已造色香味三者之极，更无一物可以上之”。连《红楼梦》里的大家闺秀们都一边食蟹、一边吟诗作赋。吃蟹俨然已是一种“煮酒烧红叶，带霜分紫蟹”的闲情雅趣了。

蟹的烹饪方法也很多，蒸、炒、焗、煲都可以。寻常百姓家一年也只吃这一两回，更喜欢简简单单地清蒸，不搭配任何食材与调味料。记得儿时一到农历八月，金黄的稻穗点头的时候，姥爷就和几个乡亲点着火把，去稻田里捕几只野生的河蟹回来。配上村里酒厂酿的高粱烧，吃得吧嗒嘴，喝得眼迷离。我却躲得远远地不敢吃。想起来真是悔之晚矣，现在想找一只野生河蟹真比登天还难呢。如今爸妈老了，吃起蟹来又是别样场景：一人拎一只清蒸蟹席地坐在茶几前，一边看着八点档的言情剧，一边自顾自地嗑着，慢条斯理从容不迫。爸爸偶尔会呷上一口自酿的葡萄酒，一只蟹可以吃上一集半的时间。妈妈吃完后会踱出门去，在园子边采几朵小小的黄花，擦擦手，水盆里洗几下，指间的腥味瞬间转化成淡淡菊香……

相较于好利来、米旗等大品牌月饼，盛京本地的散装康福、桃李牌月饼更受老百姓的欢迎。这两个牌子的月饼都是京式月饼，馅也是传统的五仁、豆沙、枣泥和黑芝麻。近几年还有许多青年人自己动手，依着喜好自己做月饼。各种材质、图案的月饼模也成为一些人喜爱的收藏品。本来今年也想凑热闹自己烤上几块，可早市上有家烘焙店，每天会现烤上一炉月饼，于是打消了念头。黑芝麻和五仁馅，一样买了五个，站在那儿就尝了五仁的，居然吃到了青丝玫瑰。店主特意介绍说，我这青丝玫瑰可是正宗的青橄榄的干丝和玫瑰花瓣加糖浸渍成的。我小时候吃月饼不喜酸甜，总是要把青丝玫瑰挑出来。如今吃起来却另有一种说不出的滋味在心头，由不得自己，仿佛看见了皱着眉头呵斥我败家子的姥姥和在一边不做声的姥爷，他们的眼里都带着笑，慈祥的笑，疼爱的笑。

八月十五吃月饼，一般都认为是取合家团圆之意，但是在古时，月饼就是用来拜月的供品和节日食品。清代的《燕京岁时记》记下了当年的中秋节："京师之日八月节者，即中秋也。每届中秋，府第朱门皆以月饼果品相馈赠，至十五月圆时，陈瓜果于庭以供月，并祝以毛豆鸡冠花。是时也，皓月当空，彩云初散，传杯洗盏，儿女喧哗，真所谓佳节也……"以前虽不是什么府第朱门，寻常百姓家过中秋节也是要合家坐在一起赏月的。二十年前，全家住在月窗里的小杂院，每年八月十五，妈妈都会把窗前的圆饭桌擦得干干净净的，铺上过年时才铺的白棉线钩花台布，摆一盘月饼和四样水果。水果多是本地应季的苹果、葡萄、橘子、梨。除了葡萄，梨和苹果都切成碎瓣码在盘子里成莲花状。我和妹妹也学着把橘子去皮掰开，一瓣一瓣摆得像盛开的花朵一样。一家四口围坐在桌旁，边吃边聊边赏月。尽兴时爸爸还会拎出二胡拉唱一曲《二泉吟》。最后我们还会跟着妈妈一起对着月亮念：八月十五月正圆，供果月饼敬老天，敬得老天心喜欢，一年四季保平安。

这，永远是我生命里最原汁原味的中秋节。

秋阳高照

晒干菜

十一过后，霜降前那段晴朗的日子是妈妈们最忙碌的时候。忙碌得像准备过冬的小松鼠。小区的草地上，凉亭的台阶上、花池旁的水泥台上，都是一排排的大白菜、雪里蕻和大葱。阳台的晾衣绳上，妈妈们晾起了各种各样的干菜。最常见就是芸豆角和萝卜条。以前没有大棚没有反季菜，冬天没有什么菜可吃。即使偶尔有一些蒜薹、黄瓜等细菜也是过年或待客时才舍得买来吃。所以人们总是赶在霜冻来临之前，恨不得把菜园里的蔬菜果实统统都码进坛子里去。

东北漫长的冬天，让人们都养成了在秋天保存秋菜的习惯。保存的方法一般有三种：晒干、腌渍和窖藏。如今虽然一年四季菜篮子都品种丰富、果鲜菜嫩，大伙仍喜欢在丰美的秋天，把黄苞米紫茄子长豆角大白菜花葫芦搬回家。或晒干或腌渍或冷藏，留到冬雪雪冬小大寒时慢慢享用。

身在平原，我们不能像生活在海边的人们打些扇贝、黄鱼、鲜虾晾成海味；也不能如山里的人们采来蘑菇、木耳、野味晒成山珍。但到了每年这个时节，妈妈们一定会把买来的各种菜清洗干净、沥干水分准备晾干菜。适合制作干菜的蔬菜有很多，芸豆、茄子、萝

卜、黄瓜、辣椒、倭瓜、葫芦都可以。如果是大红的灯笼椒，妈妈会把它们对切成十字花状，一个个用棉线穿起来挂在向阳的院墙上。如果是倭瓜和茄子就切成薄片，滚一点淀粉，这样做既防止水分流失，又阻挡灰尘。大青葫芦要用一个特别的卷边刀，割成螺旋状长长的葫芦条，然后一根根挂在晾衣绳上。芸豆角和萝卜条要先用水焯一下才能晾晒。晾晒可以用竹筛子、竹席子或者在桌子上铺一大张牛皮纸，这样过水通风会差一些，要经常翻动。如果阳台空间小，也可以都用线穿上挂起来，节省空间又日照充分。所有的菜都整齐地铺开，确保没有堆积。连续晒上两三天，直到水分完全蒸发掉，再收集在一起放在阴凉透风处，继续风干成名副其实的菜干。最后用网兜收纳好，留作冬季餐桌的美味佳肴。

深茶色的干角豆吃时拿出一大把，用温水发开洗净，攒干水分炖五花肉是干香醇厚的下酒菜；萝卜发好后配新鲜肉丝和干红辣椒丝爆炒，也可以直接拌点大葱白，淋上芝麻油，一下就可以吃掉一大碗白米饭。葫芦条则要和土鸡一起入砂锅炖个把小时，在微微翻溢的鸡汤里，葫芦条又变得青鲜如玉，香气扑鼻。

在秋阳里晒干菜看似一件很轻

松又迷人的事，实则常常要从早忙活到晚，一刻不得闲。小时候就见过姥姥成天抱个簸箕，穿针引线把焯熟的豆角一个个穿好晾起来。我只会在一边跟着凑热闹，把掉在簸箕里的芸豆粒穿成手镯和项链玩，玩够了再把它们一粒粒地吃掉。如今妈妈在这几日也常常忙一整天，累得直不起腰来。有时间和她坐在一起穿辣椒、穿茄片，也常常劝她注意身体，晒点尝尝鲜、解解馋罢了。可她嘴上说好，暗地里还是一忙活一星期，一样也没落下，晒个齐全。等我再去，一定端了满满一簸箕的干豆角向我炫耀：哈哈，冬天你们都能吃到地道的干豆角炖五花肉啦。满脸的欢喜和满足，那一刻的妈妈美得像秋天的花朵。

想来晾干菜是在四季丰厚时，把时光沉淀，把秋野中的富足收回来，晾晒在院子里，把它们特有的甘香味道封存在身边，然后在冬日来临时细细咀嚼，慢慢品尝。晾晒的早已不只是简单的食物，而是一个个平凡却平实的日子，是一份浓浓的亲情厚意，令每一次品尝，都是季节的滋味，家的滋味。

家家渍菜 趁霜晴

话说东北漫长的冬天，让人们都养成了在秋天保存秋菜的习惯。保存的方法除了晒干，还有窖藏和腌渍。过去东北乡下家家户户都在自家园子边挖一口菜窖，窖口仅容一人进出。小一点的菜窖就顺下去个木头梯子，菜窖里都直不起身板，只猫个腰拣棵菜就赶紧上来；大一点的要一人多高，就顺势垒几层土台阶。姥爷每年挖得菜窖又大又深，里面贮藏的秋菜直到来年清明都新鲜，白菜不冻、萝卜不糠，土豆不发芽。每次取菜，我总是自告奋勇冲下去，从菜窖口一个萝卜一个土豆一根胡萝卜地往上扔，任我怎么做怪，在窖口上候着的姥爷都能接得稳稳的。这就像我们祖孙俩一起玩的游戏一样总是从头笑到尾。

各种蔬菜最后统统渍进大大小小的咸菜坛、酱菜罐。

现在乡下城里都没人挖菜窖了，但每家每户还是要买“老三样”和一捆大葱回家，才能悠闲地等着立冬来。著名的老三样就是萝卜、白菜、土豆。土豆买回来先放潮气，在阴凉通风处晾几天再装在筐里、编织袋里放在背阴处。萝卜呢，一定要先去根，用泡沫箱子装上土，把萝卜埋土里，这样保存时间长还不会糠。白菜是秋菜的重头戏，除了腌酸菜外，一般每家都要囤百八十斤大白菜。先晾三两天，晾之前把烂叶、黄叶去掉，也不可去太多，要把老帮留着做保护层，这样白菜又抗冻又不容易烂。晾好后，把白菜一棵棵码在避光处随吃随取，真等三九天来，也吃得差不多了。大葱要挑葱白长、叶子短的，也要先在通风处摊开、晾晒，直到葱叶变成又黄又干，再四、五根左右一捆，用干葱叶打个结。立着码放在没封的阳台或窗外就行。晾干的葱也不怕冻，吃到明年开春，你随手拎一根出来，拨开外面风干枯脆的皮儿，里面还是葱白如玉、葱芽肥绿。

贮菜之外，人们在入冬前还要忙着渍菜。首先一定要积满满一大缸酸菜。积酸菜分熟渍和生渍两种，熟渍是让大白菜对半切开，里里外外用开水烫上一烫，晾凉。生渍则用凉水洗净晾凉即可。接着一层白菜一层盐一层白菜一层盐地码在酸菜缸里，每一层要压紧压实，需要很大的力气，所以有时候妈妈会在菜上面垫上一块塑料布，把脚伸进去一层层踩实。直到码得高出缸沿半尺许，再压上一块大大的鹅卵石。最后用干净的白菜叶盖在缸口，放置一两天后，白菜杀下去后再将水注入缸中，加满即可，一般生渍 40 天左右，熟渍 28 天左右就可吃了。

积好酸菜，还要做几罐鲜甜的蒜茸辣酱。先把红尖椒切末、大蒜瓣切成蒜蓉，三份椒一份蒜。半袋黄豆酱放在锅内，烧开，把红椒末和蒜蓉倒入，放白糖，转小火，一边搅拌均匀，一边等酱汁冒泡，收汁，关火即得。晾凉后用玻璃瓶密封贮藏。自制的蒜茸辣酱可以拌饭、拌面条，做火锅蘸料，刷在鸡翅上做辣酱烤翅，那味道绝对无敌，让超市里一众烧烤料都黯然失色。最后就是把各种蔬菜统统码进咸菜坛子里去，黄瓜、青椒、洋姜、雪里蕻、螺蛳转儿……酸、甜、咸味都随你喜好。入冬后即可切丝凉拌，清脆可口的小咸菜是东北各色大炖菜的最佳拍档。搭配其他食材，做盘酱黄瓜炒鸡丁或雪里蕻烧豆腐，又是迥然不同的风味。

春生夏长，秋收冬藏。和晒干菜一样，渍菜、酱菜也仿佛把自然和季节的馈赠悉心收藏。纪录片《舌尖上的中国》曾反复提及时间的转化和发酵的力量，深以为然。每一年的渍菜、酱菜都有每一年不可预期的变化，倒真是清淡见滋味，乐忧可忘年了。

蒜 蓉 辣 酱

自制的蒜蓉辣酱。新鲜蔬菜制作酱菜前都要先点盐杀水。

① 材料：

新鲜大蒜 10 斤，盐、糖、白醋、姜片适量。

② 做法：

1. 新鲜大蒜去外皮、剪须，用手巾擦干净，一个个滚上盐，敞口大盆腌 3—4 天；
2. 滗除腌制过程中杀出的水后，把蒜头码到青花小坛或陶罐里；
3. 锅里添水，加糖、白醋、姜片，烧开，晾凉后倒入，以没过蒜头表面为宜，置阴凉通风处腌渍一到两个星期左右就可以吃啦。

秋

一季一会

- ¤ 坐在池塘边，戴顶荷叶帽和孩子一起分莲蓬籽吃。
- ¤ 抷苞米、割稻穗、剪葡萄、摘苹果、找蘑菇……采摘的快乐很美妙。
- ¤ 和父母、长辈一起带霜分紫蟹，登山赏红叶，园中赏菊花。
- ¤ 听早晨秋虫和露呢喃，看夜晚明月别枝惊鹊。
- ¤ 收集各种形状、各种颜色的落叶和种子，制成书签、明信片送给远方的朋友。

气象上入冬的定义

连续5天平均气温稳定≤10℃的第一天为冬季的开始日期

连续5天平均气温稳定≥10℃第一日的前一天是冬季的结束日期

沈阳一般在每年的十月上旬入冬

冬

寒风萧萧，飞雪飘零。漫漫长路，踏歌而行。到处都是栩栩如生的冰雕、雪塑，还有冷峻却清鲜的空气；堆雪人、打雪仗、坐雪爬犁，在向阳的大雪坡和冰砌的滑梯上游戏；玩累了就跑进雪屋子里吃香喷喷的烤串和热气腾腾的关东煮。一树松萝坠挂着一朵又一朵白云，棉靴子踩在雪地上咯吱咯吱地响，一棵又一棵树冻成剪影，映在雪地上，想起了儿时在白宣纸上，一滴墨汁吹出的画。缓流的河水结薄薄一层冰，正午阳光洒在冰面上，闪闪烁烁一层碎银。草地上雪不厚，可以看到许多落叶的一鳞半爪，野草尖闪着绿色的星芒，映着雪白。成群结队的麻雀一跳一跳地忙着啄食，叽叽咕咕地聊着天；更有一只小麻雀兴奋地在湿漉漉的草场上撒欢连连，样子就像打水漂时在水面上跳跃的小石子一样轻盈。

草木历。冬

▲
大雪压青松。

立冬疏寒木，清闲小雪前

一年到了十一月，就像是一天到了日暮时分，天还亮着，但夕阳已经落山。

开月的第一天就去花市买花。走在运河边的小路上，看见连翘正在第二次开花，一枝淡淡的黄花开在初冬清寒的空气中，盛夏茂盛的植物都瘦成了高高低低的剪影。秋海棠只剩下一树小巧玲珑的红果子。浓霜打湿落叶，复又被阳光晒干，走在上面沙沙作响。花市里空气湿漉漉的，满眼的红豆衫、蝴蝶兰和杜鹃。自己买了三头水仙花球回家，去泥、清洗，码在印满福字的米色陶钵里，注满清水。从四年前开始，每年初冬都早早地清供几株水仙花球于白碟浅水之中。看着它一天天翠叶挺拔，然后在某天清晨或黄昏伴着雪花一处开，开得花香盈室，岁月葱茏。

有时天晴。太阳从东南方向升起，高高的红砖烟囱冒着浓烟挡住

十一月。小雪节气。凛冽的西北风一眨眼工夫就把白杨树吹得光秃秃的。

▼

▲
上：松树上的大斑啄木鸟。下：在沐浴阳光的太平鸟。

晨光，像个淘气的小孩在放映机的光影前晃来晃去。不一会儿，明亮的太阳冲破了纠缠，摆渡到更高天际去了。背对着阳台坐下来看一本书，阳光晒得背暖暖的，阳光把地板染成金红色的天空，一只鸟轻快斜掠而过，钻到沙发底下去了。晒了一个星期的栗子，都在阳光下咧嘴笑，有圆溜溜小虫洞的多是又大又饱满的，看来小虫才是挑选板栗的行家。剥栗子真是一件考验耐心的事情，一个人剥了两个多小时，完整的都能数过来一、二、三……不过还够做一顿板栗香菇烧黄鸡。碎裂的果肉可以做栗子干和栗子布丁，煮白米栗子粥也不错，一样香喷喷的。

有时天阴。天刚放亮又被铅灰色的雨云遮住。乌鸦南飞，有的是呼啦啦一群，有的三两为伴，有的孤单一只。雨云压得很低在乌鸦的头顶上跟着飞。结伴的打量一眼，孤独的一只，会目送它飞出老远。不晓得它知不知道，地面上有人透过窗子，用饱含深情的目光，送它一路南飞去吃早餐。云越压越低，乌黑的飞鸟们只好飞得更低些。起初只见翻飞的暗影，后来可以看清长喙的轮廓，还有翅羽和尾羽齿状边缘的剪影。每天傍晚四点半左右，是乌鸦归巢的时候，盘旋数千只，成群结队地穿过高高的楼宇，偶尔呱呱几声聒噪。上弦半月挂在中天，宁静安详。半小时后夜色幽蓝，月光明亮，一切都静默下来。

11 月 7 日立冬。杏树枝上落了一群肥麻雀，像一团团褐色小绒球，离得很近都没发现。直到太极跟着冲过来，才呼啦啦都飞了起来。太极换上了一身密密实实的黑披风，准备在长长的寒冬里独闯江湖。从繁荣的十月转到荒疏的十一月，让人很容易陷在莫名愁绪里，有点脆弱，有点害怕独处。在落了一层薄霜的草地上，孤单单的一株紫花地丁，竟打着细细的花葶，绽放出一朵小花，像小小的一片紫色薄雾。这稍纵即逝的瞬间竟被我瞧见，我有多幸运！

立冬后几日，降温。黄绿色柳叶先被一夜风雪吹落一地，又被冰雨冻在路面上，其上又铺了一层薄薄的细雪米。大自然的能工巧匠竟一夜之间就创造出如此美好的图画。比圣彼得大教堂的地面还漂亮，每个人走在上面都忍不住啧啧赞叹。树叶落尽，只剩下一树果实的有：金银木、栾树、漆树、梓树、辽东水腊、皂角树、爆马丁香树。树下落叶堆积，因失去水分而变得干枯卷折。牛膝菊仍在开着一朵一朵白色的小花。层层碧寒清波向南推进，水面漂浮的落叶不知被带到什么地方去了。

一只太平鸟正在啄食金银木上的小红果实。
▶

晚饭后一家人围坐在一处，趁着窗外的灯火分食一颗绿皮大柚，你掰一瓣儿，我抢一芽儿。想起全家人第一次吃柚子的时候，姥姥姥爷还在。大伙儿一边吃一边发表意见：有点酸。有点涩。但酸涩之后的甜味，真爽快呀。那些把美食带给我的亲人，要么在天上等我，要么正在老去。我总是会记起爸爸出差带回来的椰子水，姥姥做的白菜炖冻豆腐，姥爷做的山西手抻面，妈妈做的韭菜盒儿，还有从来不下厨房的小妹，在我二十三岁生日时给我做的红烧鸡翅，当时她还不小心切破了手指……凭着这些念念不忘的、熟悉又陌生的味道，我好像随时都可以回到过去，回到快乐的童年，重温那些难忘的岁月。

在冬天，缅怀实在是一件美好的事。

小雪那天，果真落了一场静雪。翌日气温降到零下十五度，刮起了凛冽的西北风。风很大，一朵云刚从天边飘过来，一眨眼就消融在蓝松石一样的天空里，踪影全无。墨黑色和蟹壳色的树梢衬着蓝天很好看，银杏树的霜白色枝干衬着蓝背景就更美了。大叶杨的树枝上缀着饱满如珠的叶苞，层层苞片里孕育着明年早春鲜绿的新芽。蓝天做背景时，各种树枝织成一小片希冀之网，让人心情变得明朗，于是总忍不住仰起脸来一看再看。梓树挂着一树长种荚，像是拉拉队员挥着手里的彩带，正不遗余力地给五六级的西北风加油，一穗儿不小心掉落在地上，种荚里的种子像小丑嘴巴上的胡子，眨眼间被风吹散了。

▶
梓树挂着一枝枝长种荚，像是拉拉队员挥着手里的彩带。

初冬时节有时候和早春完全一样：草场上冰雪正在阳光下慢慢融化，小草尖挂着绿色的星芒。落叶正在干枯，腐败，但枯叶覆盖下的葶苈和附地菜，

小叶芽仍旧嫩绿嫩绿的，等着被一场浩荡的大雪覆盖。然后美美地睡上一觉，做一个长长的梦。四个月后，第一场春雨就能把它们叫醒。

花园小路上结了一层薄冰，远远望去，一段路透白，一段路染红，那是因了路旁数棵皂角树的关系：枝丫繁密的，树下的一段路光影寥落，冰还没有化；枝条稀疏的，阳光满满地洒在路面上，冰雪消融打湿了红色的地砖。一对老夫妻相互搀扶着在小路上散步，结了冰的路面很滑，他们走起来都不太敢不抬脚，只慢吞吞地蹭。望着他们的背影怔在那儿，像是看到若干年后的自己，在生命的冬天里走着走着就消失了，消失在清寒的空气，空气里有雪花的香味。

屏气凝神间，听到了“扑哧扑噜扑”的声响，转过头竟看见一只大斑啄木鸟落在一棵松树上。它用喙掀起树皮捉小虫吃，树下落满了焦茶色的松针和一小块、一小块的松树皮。悄无声息地钻进这片树丛，发现一对肥美的太平鸟在啖尝金银木的小红果，一只青灰色描着眼线的普通䴓（shi），挺着个大肚皮在松树干上窜来窜去。两只戴胜支棱着扇形冠羽，一前一后走在林边的松树下，把长长的喙伸进树根下、石缝间捕食小虫；后来发现我的长镜头对着它，便神色匆匆地走开，融在寂寥的灌木丛间，一动不动地晒太阳。在这片迷人的冬日树林里驻足了很久，手脚冻得不听使唤，生生地疼，而快乐却像早春的花朵填满整个心田，那感觉又奇妙又动人。我想，露茜从刘易斯的魔衣柜里钻出来就是这样的感觉吧。

小树林外的小路依旧人影寥寥，一抹淡淡的云栖在树梢，阳光下的河流像一条青黑色锦鲤。

微霜鬓上加，无奈话流年。细碎时光好，飞鸟相与还。
结庐在人境，心远地自偏。此中有真意，欲辩已忘言。

大雪琼枝白，冬至窗花开

十二月的第一天，第一朵水仙花开了。写字看书、踱步发呆、煮饭擦地、缝补孩子磕破的校服，在房间的任何角落都能闻到淡淡的水仙花香。盛开的花朵像太阳一样把房间照得暖洋洋的，米白色的花瓣像洒了一层碎银，闪着星星点点的亮光。

夜深人静时分，窗外薄云如灰，小雪霏霏，无声无息。黎明前，被闹铃唤醒，起来点火煮粥，站在阳台上静候天色转亮。高高的楼宇仍裹在迷蒙烟雪之中，点点灯火映着树枝上的雪，像聚居着一树天星。锅炉房门口灯火通明，人影绰绰，时不时冲出一股白花花的热气。有人起得很早，踽踽独行的背影踏过雪道，留下一行浅浅的脚印，推着自行车的送报人，载着孩子上学的爸爸，远远打开车灯，才能看见细密的雪花如白蛾纷飞。

有什么比落雪更静呢！婴孩般的柔嫩、松软，
造设出怀抱一切生命与死亡的岑寂。
▼

▲

镜头里的雪花一般有两种形状。一种呈六棱体状，长而细，叫柱晶，有时它的两端是尖的，样子像一根针，叫针晶。另一种则呈六边形的薄片状，就像从六棱铅笔上切下来的薄片那样，叫片晶。每个片晶中心都有一个有个好看的六角星。

这雪整整下了十几个小时，到中午时分才告停歇，气温下降到零下十八度。要出门，得穿上厚厚的羽绒服，帽子、围巾、手套一样都不能少。空气清寒，呛得人直咳嗽，过了一会才适应。门前的菜园落了一层厚厚的白雪，雪上浅浅留下了一行梅花脚印。月季和蔷薇的花根入冬前盖了一层红色的厚苫子，这会被雪盖得严实，变成一处白色的小丘。几只麻雀挤在枸杞树根边啄食，它们显然不喜欢吃辽东水蜡结出的黑紫色小果。一只羽毛蓬松的胖雀落在木篱笆上，横衔着一小截枯稻草，看来住在空调眼里的小家伙也要絮一床厚被子御寒。皂角树落了雪像开了一树春花。栾树的果实落了雪倒真有几分“雪打灯笼”的意趣。爆马丁香一簇簇月牙形种子冰冻雪盖着，像一大朵一大朵盛开的白玉兰。运河结了一层薄冰，薄得可以看到冰层下水流淙淙。林间的雪地上，有猫儿小心翼翼地小脚印，狗的脚印要懒散自在得多，人留下脚印就显得又大又笨重。走在没人走过的雪地上，是“吱嘎吱嘎”的声响，最深的地方没到了短靴帮沿上的一圈羊剪绒。通向公交车站的人行道上叠加着无数脚印，踏出一条弯曲小路。不相识的人一前一后走着，却是同样的节拍，踩出的是咯吱咯吱的合奏。爆满的公交车挤不上去，地铁站也是人头攒动。但也阻隔不了人们逛公园赏雪景，堆雪人打雪仗，又气又恼又开心又兴奋。沿街的店家挥着雪铲和方锹除雪，环卫工人的除雪车悄然驶过。路面上

▲
观鸟镜下，在河上过冬的野鸭。

的积雪像秋天的麦粒，被高高地扬起，洒落在路边的绿化带。

暴雪后的第二天，两只赤麻鸭出现在胜利桥边的河面上。接着越来越多的赤麻鸭、秋沙鸭成鸭结队地飞来，清冷寂寥的水面变得热闹起来。一有时间就背着观鸟镜去河边散步，去看望这些阔别八个月的老朋友。这些候鸟不会在这里做巢、不会在这里孵蛋，这里只是它们的避寒之地。大多数时候，它们都安静地栖在河面上，把头别在后背的羽毛下睡大觉，只愿它们每天都能吃得饱饱的，相互温暖着度过这个冬天，明年春天一个都不落地启程，飞回故乡。

寒流来袭，河道内北风呼啸，气温降到零下二十五度。冰面越结越厚，原来各自为营的赤麻鸭和秋沙鸭，有时也会挤在一处休息取暖，偶尔飞到坝下的溪流处捕食些小鱼虾。白天越来越短，才午后四点，夕阳就挂在西天。为了享受午后这最后一丝温暖，一两只野鸭会悄悄探出头来，面朝着夕阳，一动不动地站在哪儿，和我一起看着那金色太阳缓缓坠入远处的冰天雪地。西边的天际在这个时候变得格外炫丽，橘红、灰蓝、浅紫、薄褐、烟青……不禁让人想起许巍的那首新歌：在生命的寒冬，你是美丽天空，熔化心里的冰雪，这恩赐要用一生去感谢。

十二月中，少有几日晴暖，气温回升零下二十度。太阳从对面楼顶探出小半边脸来，派出一匹轻肥银马从南面的窗子闯进来，鬃毛闪着耀眼的光，长长的马尾抚过连廊上一长排的书架，奔上北面厨房的餐桌。发现一杯热豆浆，便自顾自地喝个痛快。去早市买菜，卖豆腐的大婶，穿着厚厚的军大衣、套着牛皮大头鞋。修鞋的老大爷，生着火炉子，没活儿的时候可以烤一烤冻僵的手。卖煎饼果子的女子，在没顾客的时候就在那儿一个人踢毽子。羽毛毽子，染成五种鲜艳夺目的颜色。各种果蔬都装在纸壳箱子里用厚棉门帘盖着。卖新鲜河鱼的水槽冻了一层冰，用铁剪敲碎才拎出两条青鲫。卖鱼大姐念叨着：再冷下去可没个卖了，这鱼还没等卖就冻死了。是呀，忙了一年，这么冷的天气也该回家猫冬休息几天了。过几日再去，早市果然关了，只剩路边一个卖鸡蛋羹吊炉饼的早点铺还开着。

冬至那天，灰霭沉迷，又是待雪天气。候在窗前拍那些开在窗台上数不清的小雪花。每朵雪花都是轻小的六角形冰晶，精美绝伦得让人惊叹不已。落雪出门，清气萦空。雪中的金银木和红瑞木最好看，西府海棠的绯色小果戴上了一顶顶小雪帽。雪越下越大，如漫天连蝶，一片一片落在尘世，任是喧哗都市也远远地安静下来，一片一片落在心里，心底里的冷暖怨怼都被这巨大的沉静抚慰，变成了说不出的满足，人也像朵落下的雪花一般变得轻飘飘的。普里什文在《大自然的日历》里写道：说起静，有句俗语：比水静，比草低。但是有什么比落雪更静呢！婴孩般的柔嫩、松软，造设出怀抱一切生命与死亡的岑寂。这样的岑寂充满天地，远远地望见湖上冰面有人在雪中滑冰……

雪后初霁，朝北的玻璃窗上一树一树霜花初绽，还有一些飞在空中的花朵，银灰色花瓣舒展，比世上任何一种花都不逊色。高大的老杨树上孤零零的喜鹊窝，像是大树仅存的一枚硕果。一对喜鹊飞上高高的杨树梢，喳喳地叫着，一定是跟我一样，在没好气地抱怨这么冷的天儿呢。

深冬时候总是这样。有时夜半当空的皓月，明亮如青白的朝阳；有时正午时分的太阳，嵌在灰蒙蒙的天空，黯哑如笼着一层轻纱的满月，光芒也像是冰面发出的寒光，冷得袭人。这样的天气里，居然有人在零下二十多度的运河公园里打麻将，旁边还会有一圈人卖呆；这样的天气里，在河边钓鱼的人不慌不忙地支起帐篷，在帐篷内挖坑点煤油炉取暖。这样的天气里，我只会守在灶台边没完没了炖酸菜排骨。要不就把黑陶锅里添满水，烧得咕嘟咕嘟冒泡，扔进瓜片、白菜、粉丝、豆皮、再涮几片羊肉，等着黄昏、清晨、正午、深夜，雪花不至而期。岁末早出家门，发现一大束正在盛开的迎红杜鹃被丢弃在小区的垃圾筒里。薄嫩的花瓣娇羞的脸，衬着背景里的白雪谁见犹怜。带回家插在一只宝石蓝色花瓶里，任她一瓣一瓣，慢慢凋谢到来年。

夜半深雪对坐，满面尘世烟火。窗花初开辞岁，拾趣迎年也过。

小寒多阴霾，大寒又一年

葵影移长，光阴过隙。南方的梅花一定趁着小寒开了吧。《荆楚岁时说》里就曾说过：凡二十四番花信风，根据农历节气，从小寒到谷雨，始梅花，终楝花。想来距关外一步之遥的北京，蜡梅花也会开得正当时候。那景气一定像汪曾祺老先生描述的“满树繁花黄灿灿地吐向冬日的晴空，那样的热热闹闹，又那样的安安静静，实在是一个不寻常的境界”。在东北，小寒意味着冬日最寒冷的节气来了。最寒冷的日子里，关里赏梅花，关外赏树挂吧。

树挂就是水汽凝华在树枝形成的冰花。它还有一个好听名字叫：雾凇。这词最早出现于南北朝《字林》里，其解释为：“寒气结冰如珠见日光乃消。月夜一场碎雪，清晨被电话铃声唤醒，听筒那边传来妈妈兴奋的声音：快起来，外面结树挂啦！拉开窗帘，外面果真成了银装素裹童话世界。孩子不禁吟起岑参的那著名诗句：“忽如一夜春风来，千树万树梨花开”。这诗句他打小就挂在嘴边，还会常常引用到作文里。我总想着再教他一句：白雪却嫌春色晚，故穿庭树作飞花。只这两句，简单又应景，都是一番盼春的心思。

冲破薄薄轻轻的淡雾，挽着母亲在浑河边散步，冰封的河面杳无人迹。枯萎的草根结了冰片，白茫茫的一片。老绿的松针覆了一层厚厚的白绒羽，像开了一大朵琼花。短叶针的杉树枝裹着雪白的冰晶，变成了一只只肥美的白玉参。在枝头守了一冬不肯坠落的赭色枫叶，上天就绣了圈好看的蕾丝花边犒赏她们。转个弯河沿边的一排雪柳繁华，枝条轻抚中，惊起在树下啄食的鸟雀，展翼啁啾。立在树下仰望上去，玉骨冰肌的柳条舒展而下，扑簌簌地落了一脸的冰屑，一丝凉薄，恍如梦境不愿醒。

如果说雾凇是冬日的礼物，那这漫无边际的雾霾就是上天对人们藐视自然、挥霍无度的惩戒。结束期末考试的孩子执意要出去堆雪人、打雪仗。一家人走上冰封雪满的河道，河对面“雾失楼台，月迷津渡”的景象伴着空气中隐隐的煤烟味儿，早没有了《踏莎行》的幽微深美。和玩累了的孩子躺在雪地上，望着灰蒙蒙的天空，却真有几分“砌成此恨无重数”的迷惘和无奈。

一月十二日是腊月初一，古代人把农历十二月合祭众神叫做腊，现代人只知道进了腊月就是年。人们开始忙着腌腊八蒜，添新衣，置年货。扫屋子，逛花市，买盆栽的兰草、杜鹃、仙客来装点窗台。各处大大小小的冬捕节也由此拉开序幕。东北人凿冰捕鱼的民俗活动，如今前所未有的火爆起来。黑鱼、鲶鱼、鲢鱼、草鱼、鲫鱼……看着上万斤活蹦乱跳的河鱼跃出水面，青黑的鱼脊闪着银光。欢乐喜庆的气氛，岁岁有余的年味就在这忙碌中越来越浓厚。

下旬。雾霾卷土重来。青灰色的雾气吞噬了整个城市，真像赫尔曼·黑塞的诗里描绘的那样：没有一棵树，看到另一棵树，没有一个人看到另一个

▶

树挂。柳树下、草地上啄食数只鸟雀，展翼啁啾。

人。每一个人都很孤独。往年母亲都会收集一小瓶三九天的冰雪，来年夏天可化水止小儿痱痒，今年也断了这个念头。出不了门就闲在家里看书，躲进沈三白的《浮生六记》和苏枕书的《燕巢与花事》。依稀仿佛看着枕书，在燠热的厨房给父亲做清炒苦瓜，跟着她逛了一阵儿暮春时分的法源寺，陪着她在雨夜京都，静静地吃一盘盐烤秋刀鱼，那时桂树只结了小小的桂米；还有初春的虫鸟花事，六月的流萤盛夏，季秋的花开朝颜。枕书说：寒夜，确可凭记忆取暖。我凭着她这些云淡风轻的文字抵御雾霾，净化空气，直到某天晚上，终于见到透明的夜空和闪动的星光，还有坠在西天，弯弯的下弦月。

那天中午，爱人刚刚走进家门，我正在灶台前忙活着做一道蒜苗烧豆腐。毫无征兆地，房子跳起舞来，阳台晾衣绳上的衣架被晃得“啪啪”作响。爱人一边喊着地震啦，一边冲进厨房。我关了煤火一愣神的工夫，房子就停止了晃动安静下来。爱人转身冲进储藏室开始打点行囊，把帐篷、睡袋、煤油、瓶装水、压缩饼干一件件地往背包里塞，我忙操起电话给妈妈、婆婆打电话，让她们穿好衣服和鞋，再有动静就立马冲下楼去。想着孩子这时候应该正在回家的路上，就打手机过去，居然占线。手机上微博，满屏都是朋友们“刚是不是地震了”的询问。大约五分钟后，新浪头条：1月23日12时18分，辽阳市和沈阳市交界发生5.1级地震，震源深度7公里。虽然之后并没有发生余震，但傍晚时分红光满天，天地异色。居然没感觉到地震，安全回家的孩子一个劲地问这问那，爱人把两个打点好的户外背包码在门口，又不动声色地把家里的滑雪头盔翻出来，每人床头放了一个，才算安心地准备睡觉。第二天清晨飘起了小雪，一只灰喜鹊落在窗外的杨树枝上，冷得缩脖端肩，羽毛蓬乱，色泽黯然，一副苦寒的落拓样子。

一月三十日，晴暖，零上一度。冰雪初融，猫冬的鸟雀最先感知温度的变化，喜鹊，麻雀、大山雀还有啄木鸟纷纷冲出窠巢，觅食聊天晒太阳。冰封的河面也开始解冻，几只乌鸦落在正在消融冰面上小憩，一边喝水一边偷偷地打量着自己。树上的麻雀就像被风吹起的树叶，纷纷落在草地上，一转眼又一片片长回树上去。落满了麻雀的树远远地看上去，就像早春时发出的一层新叶芽。大自然正在慢慢苏醒，世间万物都在它无声的召唤里安静地等待，等着冬天一天天的化开，等着春天一天天羽翼丰满。面对铺天席地的阴霾，破坏自然的人们束手无策，最后还要靠大自然的力量——北风和寒潮来驱散。

立春前两天，阳光终于冲破雾霾，清新的沈城破茧而出。天空碧蓝如洗，阳光明亮如金，浑河的长桥晓岸，亭台晚渡都沐浴在晨曦之下。小孩子们忙着滑冰、划冰车、打冰嘎，很久没有出门锻炼的老人们重又聚齐走向公园、广场、小河沿儿，唱歌跳舞抖空竹。曾几何时，没有雾霾的天气竟变得如此可爱和难得，只希望大家都能慧悟“与天地万物上下同流，各得其所之妙”的道理吧。

举头冬夏，俯首春秋。窗台上两盆胧月又探出横渡的花枝，五角星形的花瓣，缀着绛红一点。“触目横向斜千万朵，赏心只有两三枝。”那赏梅的诗句，放在这里一样满心惬意。不过平常人家窗台上的一株植物，相伴着人间万家灯火，故事不多，宛如平常一段歌，却是新年韶光，旧日生活，过去未来共斟酌。

雾窗凭雪晚，灯花遣酒闲。
地炉有微火，诵书到更阑。
小寒浮生梦，大寒又一年。

赏花录。

冬

▲

冬日暖阳下的胧月花。

最温暖的事，忆花开

霜降节气，草地上露结成霜，白车轴菜的心形叶子被打成了水绿色。栾树的叶子都落光了，只剩下一串串古铜色的灯笼在西风里摇晃。几乎所有的树都在化繁为简，银杏树在一夜北风里就抖落了所有的扇形叶片，青白色枝干的影子清晰地映在房山墙上，西边的天空橘蓝色的。

去花市买了三个水仙头来，剥皮，修剪，又浸了一日，才把两个大花头面对面地坐在广口的菜碟里，注清水，还压了几块小白石头，然后扳着手指头盼着开花……

二十七天后，第一朵水仙花开了。冲破薄如纱的苞片，最大最饱满的一朵先开了。六瓣白色花被，相隔的三瓣还能见到中心清晰的浅绿色花脉；纤细的雌蕊旁围着六个小米

黄色的雄蕊，三短三长。鹅黄色副冠盛着醉人的花蜜，幽幽冶冶的清香也随着光影荡漾开来，在凡尘旧居中脉脉浮动。

大雪初霁。朝北的窗子全部冻住，如何也推不开了。玻璃被一夜北风绣上好看的窗花，晶莹剔透，影影绰绰地映着橘色的光晕，是窗外街灯尚未熄去。九月初种下的十来个香雪兰种球，这回绽放出一串串沉甸甸的花穗。香雪兰的名字起得真是贴切。它的花期正值寒冬，每年窗外雪花纷飞时，屋子里的香雪兰也伴着朵朵雪花绽放，满室飘香，暖润如春。

除夕。守岁到零时，窗外顿时变成了火树银花的世界。窗台上的长寿花像点燃了生命之火，一簇簇火红的花影又如期映入眼帘，一开就开得没完没了。正月十五元宵节，清晨飘了一会碎雪，天就放晴了。天刚擦黑，家家户户阳台上的大红灯笼就一只只地亮起来。如果仔细观看，会发现，有溜溜转的走马灯、有小巧可爱的兔子灯、有雍容贵气的宫灯、有隐隐听到噼叭声的爆竹灯……一幢幢平时看起来呆板无趣的大楼，这会看起来童话世界般可爱。没一会儿，幽蓝的天际升起一轮圆月，大得出奇，却怕被冻坏了似的，蒙了一层厚厚的纱；突然一道金色的光束冲上夜空，瞬间绽放出一片醉人的金色星光，紧接着，此起彼伏的节日焰火，把夜空变成了盛春时分的百花园，炫丽的礼花映红每寸心田。月亮也仿佛被惊醒了似的，明媚的华光照亮了整个城市。

这样的情景下，一家人团坐在一起吃黑芝麻馅的元宵，滋味当然是美得不可言说。这样的情景下，回想年初开始记录物候，彼时是举目一叶一花一鸟一虫的奇妙世界，此时回忆起来，如梦想照进心田，如暖暖的一缕光，在岁末万物蛰伏、潜藏、孕育之中，在平常人家一朝一夕一箪一瓢的烟火生活中，亦悲亦欢地静候着新的春天。

冬日窗台、茶几、
案头上的花

冬

岁食记。

▲
形状逗人的东北风味油炸小食。

华丽大白菜，低调冻豆腐

小雪这天，果真下起细细的雪米，天阴着，四下一派荒寂。从外面阳台下拎起一棵冬储大白菜进屋，扒去一层枯萎的菜帮，沉甸甸、水灵灵的一棵大白菜码在菜板上，看着心里就美滋滋的。

大白菜可是漫长冬天里餐桌上的看家菜，可以从入冬一直吃到开春。先扽了外面数层的白菜叶，做上一锅白菜炖豆腐，再拨了里面鲜嫩叶子和菜帮，配上土豆片清炒；剩下白生生的菜芯可以切成末，点盐、酱油，撒点葱花和白芝麻，最后淋一圈现炸的干辣椒油一拌，鲜甜脆爽，如沐春风。还有切下来的白菜根也可以留下，用清水盛在小盘子，放在灶台边儿，几天就会窜出翠绿的叶芽，还打着一小串淡黄色的花骨朵儿。

这么神奇的大白菜可是土生生长的本帮蔬菜，自古就有“菜食何味最胜？春初早韭，秋末晚菘”的美名。意思是说，春天早晨的韭

冻豆腐和大白菜，大雪天里热乎乎地吃上一大碗，幸福感油然而生。

▼

菜，和秋天晚上的大白菜都是人间难得的美味。菘，就是大白菜。陆游也曾为白菜写过好几首诗，像什么“二升畲粟香炊饭，一把畦菘淡煮羹”。还有“菘芥煮羹甘胜蜜，稻粱炊饭滑如珠”。这首诗的名字叫做《病中遣怀》。记得小时候生病，姥姥就会拣棵大白菜、起块冻豆腐，再拎一捆稻草进屋，不紧不慢地给我做上一锅白菜炖冻豆腐。外面大雪纷飞，窗花烂漫，屋里一碗汤鲜菜美的白菜炖冻豆腐端上炕桌。唏哩呼噜吃下肚，吃得脑门冒汗，吃得胃暖心暖，病也自然好了大半。

▲

上：冬储大白菜。

下：“纯天然”的冻豆腐，只有东北才有哦。

和华丽的大白菜相比，冻豆腐就显得低调多了，因为它就是豆腐。豆腐是中国人发明的，不知道冻豆腐是不是东北人民发明的。冻豆腐顾名思义就是新鲜豆腐冰冻而成。立冬后，拣上两板豆腐，一整块或切成若干小块后码在竹盖帘上，蒙上一层屉布往外面一搁，几天就冻瓷实了。吃的时候，起下几块来放到清水中解冻。这时候的冻豆腐变成豆黄色，出现了很多细密的小蜂窝，弹性十足。锅上放油烧热，放入切好的五花肉片煸出香味，入葱花、姜片爆锅后添水煮沸，放入切好的的冻豆腐，扔一枚大料瓣，转小火慢炖一会儿，最后下切好大白菜片儿，中火慢煨，调味出锅。这时候的冻豆腐吸饱了鲜美的汤汁，一口咬下去，满是白菜的鲜爽和肉片的香气，像是走在雪后初晴的小路上，晒着暖烘烘的阳光，又踏实又舒畅。

有大白菜吃的冬天显得不那么漫长，有冻豆腐相伴的日子就是快乐的日子。想吃酸菜还要等个把天，不如先来做一锅白菜炖冻豆腐吧，一边炖着一边念着那个可爱的绕口令：你会炖我的炖冻豆腐，你来炖我的炖冻豆腐；你不会炖我的炖冻豆腐，就不要胡炖乱炖炖坏了我的炖冻豆腐……念了这个咒语，你做出来的白菜炖冻豆腐一定好吃。

好吃不过饺子

古人云：冬至大如年，还称其为“亚岁”，说其重要性仅次于除夕。在我看来，冬至更像是冬天的生日，一到冬至，开始数九，天寒地冻的隆冬时节才真正来临。要给冬天庆生，当然要吃点好吃的，好吃的有啥？当然是饺子喽！好吃不过饺子，舒服不过倒着。于是人们总是变着法儿地找理由吃饺子。夏天入伏要吃饺子，名曰：头伏饺子二伏面。立秋要吃饺子，那叫“抢秋膘”。冬至数九也要吃饺子，要不然“冻掉耳朵没人管”。除夕守岁要吃饺子，大年初一头一顿饭还要吃饺子，名曰：更岁交子，辞旧迎新。要不是契合了人们的美好愿望，我想人们过生日要吃的一定不是“长寿面”，而是一大盘刚出锅的三鲜饺子。

在如此苦寒的季节，一家人齐上阵，包上一顿香喷喷的饺子，然后围坐一团热腾腾地吃起来，总是让人身心都变得妥帖和满足。爸爸负责饺子皮，烫面、揉面、饧面，麻利地把面团搓滚成长条，潇洒地左手握紧右手振臂，揪成一个个大小均匀的剂子。再用手掌根把剂子按扁，俯转擀碾，就变成了一个个的圆饺子皮。妈妈负责和饺子馅，饺子馅蔬菜和肉是主打，这个季节白菜猪肉馅、酸菜羊肉馅最受欢迎。白菜寓意百财，酸菜谐音算财，都寄托了人们岁末时的祈福和祝愿。爱人和我负责包饺子，孩子跟在边上凑热闹，一会跟

我学包饺子，一会跟姥爷讨一个剂子捏个小兔子。妈妈把一大锅水烧开，饺子下锅轻搅盖盖儿，只留锅边浅缝，水欲扑出时洒点冷水。一会饺子都浮上水面，我说像浮云朵朵，孩子说像小银鱼在水里活蹦乱跳，来回嬉戏。爱人说：哪有你们说的那么美，这饺子皮薄馅大，明明都跟小肥猪崽似的。最后，一盘盘热气腾腾的酸菜羊肉水饺上桌了，蘸一点拌好的三合油，再抓上几个糖蒜瓣。大伙一边吃一边自个夸自个，爸爸说他擀的皮儿又软润又劲道；妈妈说她和的馅又鲜又香；我们说饺子包得多好，一个都没破；只有孩子闷头吃，吃得满头大汗。等大伙都吃得七八分饱，一人盛了一小碗饺子汤，边喝边聊，回忆着那些吃饺子的冬天。

这样的深冬，这样的时刻，我总会想起我的姥姥姥爷。在另一个世界，姥爷一定盖房又种树，姥姥一定是养鸡又养猪，炊烟又起，灶膛飘香，春种夏长，秋收冬藏。小灶桌小烧酒，窗外风雪多大，屋里头的炉火多旺。没有病痛、没有烦忧，日子都是静静的长长的，真正的来世安稳，岁月静好。两个人守着共同的回忆，如数家珍，两个人都惦念着自己的一子两女三亲四孙。

几天前，梦里又见姥爷。人还好好的，只有些倦，卧在床上；走过去坐在床边，牵着手问：姥爷，饿没，想吃点什么？姥爷说想吃饺子。我说好我这就给您蒸一锅三鲜馅的。却还没等做，人又醒了……想想自己哪里会做什么饺子，不过姥爷想吃了，在天国。那我就试一试吧：剪一绺新发的韭菜，洗好切细；打两枚红皮大鸡蛋，炒成蛋花一小朵一小朵的，肥海米用开水发一下，和发好的粉条一起切碎；选一个青花广口大碗把绿韭菜黄蛋花红海米玉粉丝码在里面，加点麻油，加点盐，加点鸡精，加点花椒面……搅一搅，拌一拌，搅得色彩斑斓，拌得香味扑鼻。全麦面粉用热水烫过，饧上两个小时，保证擀出来的皮又薄又劲道！想想我包饺子还是姥姥姥爷手把手教的。姥姥包的饺子捏成一行整齐的细褶，形如偃月；姥爷捏的大饺子要大气得多：摊开手里的皮儿，用勺舀上满满一勺三鲜馅儿，然后把四下的皮一一捏合，最后握在手里用力一挤，就给胖胖的饺子挤出个带荷叶边的大白裙子，漂亮得很哩！包好的饺子码在屉上用大土锅来蒸，让柴火在灶膛跳舞。那些柴火是一些干燥的杏树枝，我想她们一定乐意抱着一大锅香喷喷的饺子跳舞，她们和姥姥姥爷曾一起相伴过几十年的光阴，这会在一屋子升腾的热气中终于又再度欢聚……

在升腾的水气中，我又回到和姥姥姥爷晨昏相伴的童年，灶台前，水缸旁，炕桌边，姥姥的微笑疼爱姥爷的宽肩大手，还有黑暗里明灭的炉火，空气里的烟草味儿，姥姥一声轻呼：饺子好喽！大木头锅盖一掀，香味扑面而来，小炕桌上小白瓷碟子里，拍好的蒜瓣儿调好的山西老醋，是两个孩子好几天的期待。

好吃不过饺子，什么也不会，你也要学会包饺子这门手艺。吃了几十年爸妈做的饺子，赶快亲手和面擀皮、剁馅生火，蒸一锅好吃的饺子给他们尝尝吧。

甜稠香暖油茶面

在吃腻了面包牛奶三明治，馄饨面条鸡蛋饼后，我决定自己炒一斤油茶面，给早起上寒假补课班的儿子当早餐。在平锅内放上几杯雪花精粉，用小火边搅边炒，炒成黄褐色盛出，拿细箩筛一遍，把打成小疙瘩的熟面粉拍散。锅里加黄油，微火加热化开后，把熟面粉再倒入锅内翻炒，让油完全浸透到面粉中，变成润泽的焦黄色，出锅摊到面板上晾凉。炒熟的黑白芝麻、花生仁、核桃仁和白砂糖用食物料理机打碎，加入到晾凉的油炒面里混合均匀，最后把做好的油茶面保存到密封陶瓷或玻璃罐子里。吃的时候舀上两羹匙，用滚烫的开水一冲。一碗雾气腾腾、甜稠香暖的油茶面端上桌，挑剔的小子也吃得啧啧称赞。

据说油茶面是一道关东满族风味小吃。最初叫炒面。满语称“阿拉”，有民俗学家考证，炒面的发明是来源于战争。当年满洲人征战时，随身携带秫米粉（高粱米）炒面，可以干吃也可以用马奶冲着喝。当时北方不产茶叶，炒面加开水冲饮，有点像浓烫的茶汤，又驱寒又提神，所以这种用来代替茶叶冲着喝的炒面，也被民间叫做油茶面。等满人入关携带至京，油茶面在河南、河北、山东等北方地区也颇受欢迎。

油茶面也是我打小就念念不忘的吃食。不过高粱米面做的油茶面我没有吃过，妈妈说她小时候吃的油茶面是用苞米面和小黄米面炒的，我也没吃过。我吃的大多是姥姥去村里的副食商店买的，油茶面都装一个带盖子的玻璃匣子里，用个带把的小铝铲来铲，一铲一斤。买来的油茶面都是白面粉炒的，里面有芝麻、葵花子仁、花生米仁和青丝玫瑰。冲的时候，喜欢吃甜的，就自己加点白糖，喜欢吃咸的，就加点盐。不过我更喜欢姥姥亲手炒的油茶面。因为里面没有我不喜欢吃的青丝玫瑰，而且姥姥还会炒点山核桃和倭瓜子，去皮后和糖精一起碾碎了放进去。

漫长寒冷的腊月天，我和小妹还躲在被窝里酣睡。姥爷最先起身穿衣，劈柴生火添煤，把屋子里的站炉子烧热。待屋子里的温度升高了一点，姥姥也起来了，去外屋起锅添水，再往灶坑里添捆稻草，一会儿已经冷了的土炕重又暖和起来。小孩子在杂杂切切的声响里醒来，赖在温暖被窝里，用手托着下巴拄在炕沿上，看着姥爷在炉上做一壶水，一边把孩子们的棉衣棉裤和小棉鞋架在椅子背上，放在烧红的炉筒子旁烘烤。大锅里的水沸了，姥姥招呼着孩子起来洗脸，孩子还是不情愿。直到看见姥爷开始冲油茶面，才都麻

利地冲出被窝，冲到炉火边一阵风地穿戴整齐。等大伙儿都站到桌子前，姥爷打开搪瓷缸盖，在每个碗中都舀进三匙油茶面，拎起炉子上的白铝茶壶，一碗一碗地注入开水，顿时热气冉冉，浓浓的面香弥漫，跟着浮起一丝坚果的油香。一人一碗用羹匙搅成黏稠细滑的糊状，就是神仙来了也会喜滋滋地吹一吹，然后一口口地吃个气短情长。妹妹吃到了一小块没碾碎的核桃仁，就像中了大奖似地炫耀：我吃到了一大块核桃！哼，我已经吃到第二块了我都没吱声，那满嘴的酥香呀，哪有工夫张扬。

现在已经很少有人喜欢吃这个油茶面了。但一到冬天，我还是会想着在小店里拎一袋老口味的五仁芝麻油茶面。累了，饿了，懒了，冷了的时候冲上一碗热乎乎的油茶面，捧在手中，那熟悉又陌生的气息，总会冲破冬日的寂寥冰寒，从岁月深处席卷而来，将整个身心温暖。

今天那个已为人母的小孩，也学着姥姥的样子自己炒了油茶面给儿子吃，儿子边吃边问：还挺好吃嘛，这叫什么？又跟“下厨房”学的吧。她只是淡淡地说：这叫“油茶面”。是跟你没见过面的太姥姥学的，你太姥姥做得更香，因为这是你太姥爷冬天最想吃的。

一季一会

冬

- 吃着冰糖葫芦看冰灯
- 自己动手堆个雪人，拍照留念。
- 三九天，一家人生火烧炭涮火锅。
- 雪中散步，在雪地上打滚儿，用放大镜欣赏雪花六瓣儿。
- 案头清供一盆水仙，小年夜开出第一朵，清甜的香。
- 一两花生米，二两猪头肉，三朋四友，温一壶老白干，热气腾腾话平生。

结语：又是一年早春到

正如里尔克描绘的那样：春天回来了。大地像一个读懂诗的孩子，她能回答什么是绿，什么是蓝。获得自由的大地，一边歌唱着，一边跟孩子们一起嬉戏。

2月21日　冰雪消融，菜园子里的雪没半天的工夫就不见了踪影，代之以黝黑松软湿润的土地。正午时分，小区、马路、广场边堆积在一旁的冰雪也开始松动，人们便忙而不乱地铲开雪堆，散播在路边的花圃和草皮上。看似冬天还没过去，但大地泥泞土黑地润，春天已在那里播下种子，草木正期待着一场春雨的润泽……

2月24日　太阳慢慢绽开了笑脸，阳光开始变成了金色，洒在土地上，人走在地上能觉出土地变得厚厚的，好像春天就要从里面钻出来似的，隆冬时分不知躲在哪儿的留鸟一下多了起来，纷纷聚在榆树头、松树枝间，叫声变得活泼而清亮，满是欢畅的期待。

3月1日　人行道旁的桃树换上一件透红的新衣，河边的柳条在春风里变得柔软起来。园子里的灌木丛还在尘风里一片沉寂，但

如果走近了以盼春的心念细细瞅来，就会发现叶芽在枝端已露出端倪，正在孕育的对生芽苞，像是，要用指尖捉住一只刚刚醒来踽踽独行的蚂蚁。

3月5日　白天阳光灿烂，晚上夜色幽蓝。站在园子里一抬头就望见了北斗七星。真是好大好气派的一个勺子，勺子里盛着早春浓浓的夜色，勺柄果真指着东方。古籍《鹖冠子》记载："斗杓东指，天下皆春；斗杓南指，天下皆夏；斗杓西指，天下皆秋；斗杓北指，天下皆冬。"

3月7日　其实观物候，除了草木气象，还有小孩子。孩子是大地的孩子，是大自然的孩子。早春的孩子变得活跃好动，在公园里广场上家门口玩耍的孩子，脸上早就绽出了粉嘟嘟的花骨朵，笑声也像银铃铛一样，一串串回音清亮。所谓天人合一，说的一定是孩子吧，他们一个个纯真无邪，清气饱满，比我们大人更早更多地感知春的暗示，跟着自然万物一起筋骨难耐、膨胀勃发。褪却冬装，穿上春衣的孩子，衣裳仿佛缩了水，裤管也短了一截。吃吃笑着站在墙边展尺一量，竟一下子长了几厘米！

3月8日　白天开始变长，虽然有楼宇的遮挡，大约七点钟的样子初升的太阳就可以映上向南的窗子，阳光洒在木头书架上，架子上的书一本本地从甜梦里醒来，花格子大象打着哈欠跟青蛙弗洛格道早安，查理和罗拉带着彼得兔去荷花塘的早市散步……

3月9日　夜深人静，万家灯火，走在园区的小路上。每个熟悉角落都默默地浸淫在浓浓夜色里，西天的夜空幽蓝，一弯下弦月低低地垂在哪儿，细细的月芽儿如天使一抹带笑的嘴角，让谁看了都会跟着情不自禁地抿起嘴，一直暖暖地微笑到心里。一只小麻雀跳荡着从低空窜过去，嘴里抛出一小串细碎的呢喃。

3月21日　晴，零下八到三度。北风三至四级。今天春分。昨天刚说春信难觅，今天就在妈妈菜园里韭菜发出了一茬水红的芽，嫩绿的小葱苗不经意间也窜了两寸长。

3月28日　发现一株葶苈居然开出了两朵小小的鹅黄色花。花如米粒小，也学牡丹开，要把镜头拉得近得不能再近了，才能看清那四瓣对生的花冠，要知道现在沈阳的天气，夜里最低气温还在零下七八度呢。

3月29日　今天气温突然蹦高，最高气温达到了零上14度，风向也从偏北转向了偏南风。昼夜温差达到20度左右。

4月3日　正午气温10度左右。阳光温暖，晒得人浑身酥酥的，不禁长长地伸了个懒腰，由衷地感叹着：真舒服呀。宿根福禄考始芽。荷包牡丹始芽。鸢尾始芽。一冬都盖在空调台下的芍药始芽。倒是春信天暖花先知，它们仿佛都是一个个测温的小精灵，温度一到，就瞬间齐刷刷地探出头来，快得就在你一眨眼之间。

春雨像个赌气的小姑娘，一直不肯来赴这场早春的约会，紫花地丁却又如约伸展花茎，一株株都生得低低矮矮，灰头土脸的，但莹紫色小花瓣一打开就让你从心底里赞叹它的精巧心思。还有更多的对生小芽叶从干裂的土缝间钻出来，轻笑着互相寒暄。金钟花刚刚开，葶苈花在枯枝败叶的草场上格外惹眼。

4月6日　人们开始计划着去青年公园赏白玉兰，南湖公园的连翘、金钟、榆树都花枝初绽，银杨的毛毛虫已经落个满地，老杨树的树条上还不见动静。中山公园的山桃在如剪春风中，初裁几缕浅粉的月白的纱，缠绕在桃树枝杈间。不出一日，掀去轻纱，变戏法似的，一树一树的花蕾如豆。

4月7日　黄刺玫始芽。柳树、枫槭、稠李、辽东水蜡始芽。紫花苜蓿在晨曦里展开一簇簇折纸样的绿苗，紫丁香枝头的对生花芽饱满得像二八少女梳的钗头髻。

4月10日　又是一季桃花开。一树一树的花开，渴望细雨洒在枝前。和孩子一起在花树下跳绳，孩子的笑像旱天里的云烟，点亮了四面来风。

4月17—18日　六七级的大风过后，乌云如弼马温鞭子下一排排一匹匹的天马，腾空而出，辗转挪移，转眼前遮天蔽日，久盼的春雨终于如马蹄扬起的细沙，散落下来。空气中弥散着尘土味儿，初开的花瓣还没来得及绽放，就扑簌簌地落了一地。不知道过了多久，天空平静如刚刚洗过的灰鸽子的鳞羽，空气也开始变得清新湿润，气温降到了七八度的样子。

雨就这样不紧不慢地下了两天一夜，土地下、草场上、枝条间、树梢后藏了很久的绿精灵这会儿都跑了出来，在细雨中一边吹着口哨洗澡一边欢畅的舞蹈。它们玩得可真疯，要不鹿皮色的草场怎么眨眼之间就返青，要不林间的枝条怎么轻轻一摇就变戏法似的抽芽展叶？闭上眼睛仿佛可以看到绿动点染的心野和远方青翠的山谷，那里住着永远不会老去的人和永远不会逝去的春天。

4月19日　杏花开，柳花开。稠李树打着一串串花蕾，连翘花开满径，千朵万朵压枝低，明亮的黄色炫耀得人睁不开眼。桃花已化花瓣雨，飘得到处都是，又闻柳莺啼，还有时不时传来带着回响的“梆梆咣咣”声，闻声望去，一只大斑啄木鸟正在一棵高大的老杨树上敲着树干找虫吃。

运河边，又是三三两两挖婆婆丁的婆婆们，一只豹纹蛱蝶从眼前蹁跹飞过，不知是不是去年早春遇到的那一只。

4月20日　多云，西南风三到四级，气温7至19度。今天是二十四节气的谷雨。记得有一年的谷雨，暖暖的春日阳光洒在大红的椅子垫上，望上去就觉得心花怒放。一家三口从河边归来，孩子戴着柳条编的小帽子，哼着歌，在金色的阳光里一窜一窜地走，我带回来的一束鹅黄色迎春花，生在杯子里就一屋春光。

清明断雪，谷雨断霜。这会儿在下乡正是育稻秧的时候，母鸡也会咯咯地离了窝，身后一定跟着一群毛茸茸的小家伙。南方这时候到是赏牡丹花的季节，再品着如雀舌状青绿色的雨前龙井茶，袅袅香气里，夏日的脚步也不远了吧。

又是一年早春到，又开始分外留意屋外面土地，天空，植物，鸟虫的变化，每每见到嫩芽破土、花蕾初绽时还是欣喜万分，虽然这种见面年年都有，但仍只若初见，激动不已。

从去年3月中旬开始记录物候日记开始，这一年的时光令我终生难忘，想起来总有忍不住的感动。我生来第一次知道，一个人竟然可能拥有一个个完整的季节，这种强烈而美好的感觉可能一生里只有一次，那时我觉得自己和春天一起生长，和夏天一起散步，和秋天一起游戏，和冬天一起聊天，和每个季节手拉手，亲昵得掰也掰不开。

没有哪一年可以让我的日子里，记忆里，梦乡里拥有这么多的花香鸟语，果落虫鸣，叶生蝶飞。大自然的任何事物中间，都隐藏着我最温柔最可爱和最令人愉快的伙伴，就是在充满忧愁和愤懑时也可以找到它们。

“忆童稚时，见藐小微物，必细察其纹理，故时有物外之趣。”只要像个孩子一样，细细、静静体会的话，我发现自然离我们没有多远，那些迷人有趣的邻居可能就在我发呆的屋子里、我住的小区楼下，我走过的街心广场上。不一定要走出去寻找自然，让自然走进来，走进城市，走进我过的每一天。静静感知和分享着四季给一切万物的恩赐，无趣和迷惑就会离我远一点，没有什么能让生活成为沉重的负担。

一切的好与坏，悲与痛，幸与不幸都只会如时间的洪流、四季的更迭一样从我们身旁流过。在自然中的我沉静、澄明。不再与自己纠缠不清，像一株多年生草本植物，无论在什么样的天气和什么样的季节里都可以一边活得按部就班，一边活得兴致勃勃。

尽管只是有时候。

我希望我的快乐像早春第一朵绽放的葶苈花，我的忧伤是二月正在消融的雪，我的孤单像春夜里的那颗明亮的北极星，我的寂寞是秋天独自在矮墙上晒太阳的红尾巴蜻蜓。

这一年，我安静地、慢慢地，一点一滴地认知、了解、收集着，发现、认知、记录，合影，留念……我爱的自然万物，我爱的亲人，不能挽留，我还能做些什么，写下你们的名字，记录与你们相遇、相处的时刻，记录你们带给我的惊喜和快乐，当我再读起这些文字时，过去一年的点点滴滴就回到了我的身边。

然后，在这样的寻游中，梦想着现在或未来能有一个更美好一些的世界。

家门口的四季
Jiamenkou de Siji

图书在版编目（CIP）数据

家门口的四季 / 康素爱萝著、摄影. —桂林：广西师范大学出版社，2018.8
ISBN 978-7-5598-0807-3

Ⅰ. ①家… Ⅱ. ①康… Ⅲ. ①散文集－中国－当代 Ⅳ. ①I267

中国版本图书馆 CIP 数据核字（2018）第 074788 号

广西师范大学出版社出版发行
（广西桂林市五里店路 9 号　邮政编码：541004
网址：http://www.bbtpress.com）
出版人：张艺兵
全国新华书店经销
广西昭泰子隆彩印有限责任公司印刷
（南宁市友爱南路 39 号　邮政编码：530000）
开本：787 mm × 1 092 mm　1/16
印张：16.5　　字数：160 千字
2018 年 8 月第 1 版　　2018 年 8 月第 1 次印刷
定价：80.00 元

如发现印装质量问题，影响阅读，请与印刷厂联系调换。

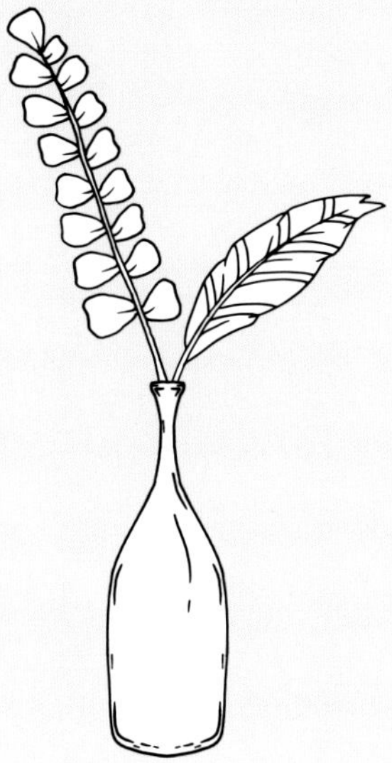

心三个红萝卜头，十来天的样子它们居然都满心满意地开得俏丽可爱。

现在，迷恋着网上种花种菜的人们，不妨在自家的厨房灶间建个家庭菜园，找来小菜盆发点黄豆芽、绿豆苗，拿个青花碗生点小蒜苗、小洋葱，清浅的鱼盘子可以种些萝卜苗、香菜叶，便能给自己的料理加点新鲜食材，还可以成为孩子了解种子发芽、蔬果生长的科普乐园。其实只要有一份惠心，生活乐趣，俯首皆是，简单而美妙。

◀
上：大白菜心开出的小黄花。下：水生的小油菜花。

龙葵

我们小时候叫它“天儿天儿”。总是生长在杖子边，栅栏门旁，要不就是离茅房不远的地方。圆形的叶子，开小白花，结一小串一小串的小果子，紫色或绿色。每次发现，摘了就吃，咬破后有许多细碎的籽，甜中带酸。

酸浆

一种我们小时候叫“菇娘（niǎng）儿”的植物，女孩子都喜欢。夏天她会结出很多球形的果实，外面裹着一层薄皮。黄澄澄的叫黄菇娘儿，果实比“天儿天儿”大得多，吃起来过瘾，味道也更甘甜，而且她还有许多有意思的玩法：找一粒大饱满的菇娘儿，要绿色的，黄色的太熟，只适合生吃。先用手指轻轻揉搓，使它变软，慢慢拧住茎和外衣，抽出里面的筋来。再用姥姥做活的针（最好用针眼这头）或折一扫炕的细扫帚米儿戳破后面的小孔，一点点把里面的籽和瓤儿都挤出来，只留一层薄薄的皮。最后把它像吹气球一样吹起来，放在下嘴唇上，用上边的牙咬，它就会发出声音，再吸一口气，接着咬，“啾啾”的声音就不断地响起来。红通通的叫红菇娘儿，初食味道酸苦。秋霜过后，采下来穿成长串挂于房前檐下，到了冬季食用，味道甜美。

苘麻

小时候摘下苘麻的小黄花，黏黏的，贴在耳朵上当耳钉臭美。绿色果实像倒过来的啤酒瓶盖，剥开之后有芝麻大小的白色小圆粒，没什么味道，但是我们小时候老是吃着玩儿。深秋时变成黑色，像黑芝麻一样，但却没人愿意尝一尝了。

蜀葵

以前我们把花瓣扯下来做成鸡冠的样子，花瓣黏糊糊的，可以粘在额头和下颌上扮大公鸡，也可以贴在脸蛋上，扮演二人转里唱小帽的丑角。

蓖麻

蓖麻成熟的果实掰开来，就是黑黑的蓖麻子，上面还有好看的花纹。有人说像个观音，有人说像京剧里的花脸，我总觉得有点像洋辣子壳。蓖麻子还可以当弹珠玩，蓖麻叶可以当遮阳帽，也可罩在脸上，在对着眼睛的位置开两个小洞，当面具吓人。

甜杆儿·高粱秸

小时候，家家户户都喜欢在自家的房前屋后，田边地头栽上几棵，好给孩子们解馋。甜杆比甘蔗细多了，吃法跟甘蔗一样，嚼在嘴里，甜蜜多汁爱不释手。不过吃的时候要小心，容易把嘴唇划

▲
上：龙葵，中：酸浆，下：苘麻

拉破。有一年夏天，等不及大人帮我砍“甜杆”，自个拎把镰刀就去菜园里砍，一口气砍了好几根，正美呢，才发现左手小指满是鲜血，竟是砍甜杆时兴奋得把自个小手指一起割了都不知道。还有一些不结棒的玉米或高粱秸秆也很甜，有时候还可以找到开过花没结果实的“喔咪”，软糯糯的，也可以吃。到了冬天，没什么可玩的，我和小妹用晒干的高粱秸、苞米杆做一副眼镜、一只小狗、一座小房子，妈妈把它们整齐地摆在窗台上。我们在蒙胧的月色中，望着它们淡淡的轮廓，心满意足地翻身睡下。

一年蓬

小时候只管她叫“野菊花”，从盛夏到深秋都能看到她在轻风中摇曳的身姿。淡紫色的细瓣，一丝一丝小梳齿样围拢着豆青色花心；花蕊沾着橘黄的花粉，闻不到香却引来蜂拥蝶恋。

偶尔也有几株是杏白色的，细长的花葶儿高低错落，像撑开的小油纸伞。田埂旁，荒坡上，一片一片向着阳光。更喜欢摘几朵浅蓝色的，编在自己的小麻花辫儿梢，觉得自个也跟她一样美。妹妹会采上一把，白的蓝的紫的，回家插在窗台上的大肚玻璃罐头瓶里，舀半瓶清水莳着。那时候就觉得她美得素雅安静，看来从小就喜欢这样的调子。浅浅的色彩，小小的脸儿，跟性情相投的同伴倚在一隅，悠然地打量着这个世界。

小蓟

这种粉紫的小花，总是一株一株分散在田野，孤芳自赏。妈妈管她叫“枪（qiǎng）刀菜”，我们小孩都叫她“小紫花”，简单又亲切。印象最深

▲
上：蜀葵，中：蓖麻，下：一年蓬

的当然是她叶子上的刺芒，采小蓟花要胆大心细。一大束野花中，它总是最精神的，玩了大半天回家转，她依然挺着腰肢，展着绒绣球般的紫色花冠。长大了，才知道它也有一个如此相称的名字：小蓟。听上去就那么孤独而坚韧。如果像花仙子里的小蓓一样，试着写两句花语，我觉得一年蓬的花语是：随遇而安，知足常乐。小蓟的花语一定是：坚定独立。

串红·桑葚

小时候总是在上学的路上找各种植物的果实和花来吃。喜欢把串红的花瓣花蕊揪掉，吸花蜜甜丝丝的味道。小时候我们都是一只只撅着屁股的小蜜蜂，嗡嗡嗡。还喜欢爬上树去采桑葚吃，吃得手指黑红，嘴巴黑红，然后伸着黑红的舌头吓人。

凤仙花

凤仙花，我们叫它“芨芨草”。八月的时候把正在盛开的凤仙花采来，入石钵捣碎，加点明矾，敷在指甲上，马上用凤仙花叶包裹，用细马蔺叶或葡萄藤尖儿缠紧、打结。隔上一夜拆开，指甲即染上了淡淡的粉红。

喇叭花

“小时候，总喜欢摘下好多的喇叭花，倒扣着放在水里，轻轻吹着气，看花朵在水里面飘来飘去，仿佛一群穿着宫廷晚装的公主们在参加舞会。穿着胭脂红、深粉色、淡粉色、浅白色的晚礼服，耳边有幻听，是圆舞曲，是小夜曲，可能是我看格林童话看多了，王子和公主的故事永远是心头的最爱。”友人的回忆真是像栅栏边上不经意间绽放的喇叭花，深深浅浅的粉红色，挤挤挨挨的，水彩

▲
上：桑葚，中：串红，下：凤仙花

动画片一样的美。小时候我和妹妹是乡下的野丫头，一心想的都是怎么样把喇叭花吹出声来。随手采一朵正在盛开的大喇叭花，一手轻轻握住花筒，再用另一只手猛地向下一拍，就会发出“嘭”的一声响；或者采几朵收起花冠正在凋谢的花，去掉花萼把花筒一边含在嘴里，用指甲把打蔫儿的花瓣头捏住，用力一吹，花就会“噗”的一声裂开，有时候声音会大得吓你一跳。深秋，我们会帮姥姥采集喇叭花半月形的黑色种子，把不同颜色花的种子放在不同小药瓶里，贴上橡皮膏，用铅笔写上：红。蓝。白。

地肤

在小学校的花坛里，我第一次看到了一种让我心驰神往的植物。它到我膝盖那么高，长成椭圆形，并排着像一个个嫩绿色的气球泊在哪儿。一有时间我就站在它面前，深深地弯下腰来，睁大眼睛把脸贴近从上面向里看，那是一个神奇的世界！到处都是明亮的青苹果色，连空气都是。植物的枝茎肆意生长着，像数不清的小路弯沿，像高高低低的城堡错落，一切都闪着露珠一样的光泽！真想住在里面呀，变成一个小小的精灵，扇着透明的小翅膀，谁也看不见我，我却可以看见整个世界，自得其乐。

过了很久以后，我才知道这植物的名字叫：扫帚菜。据说可以用来做扫帚。再后来我又知道它的另一个名字：地肤。它叫什么已经不重要了，重要的是我们曾经深情地对望，惺惺相惜。重要的是打那儿开始，我学会了跟一棵树招手，对一朵花微笑。

▲
上：喇叭花，下：地肤

忆旧集。

冬

▲
菇娘儿不仅好吃好玩，还是一味清热的中药呢。

蔬叶香花 灶间种

小时候，家里生活拮据，妈妈在春夏会在院子里种满花草，到了冬天却舍不得去花市买一两盆喜欢的花。但在冬日里，我家的陋室却也可以一样绿意萌动、香花弥漫，因为我有一个热爱生活、心思巧妙的妈妈。烟火灶间的忙碌中，切下的大白菜根、红萝卜头都被她码进了缺口的菜盘子里，添上一点水，不出几日就发芽、长叶，接着还会开出一串串小巧迷人的小黄花。

记得有一年，妈妈把半个已经发芽的大红萝卜挖成小花碗的样子，蓄上水在里面生上了几个大白菜根，然后穿绳挂在窗前。不出几日，齐刷刷的嫩绿萝卜苗向下长出来，上面的一串串黄色的白菜花也开啦。翠叶红盘黄花造型别致得谁见了都要惊叹几声。

去年冬天漫长得让人绝望，等不及花开的人儿，便想起了儿时的情景，便也学着妈妈的样子，搁一碗清水，生一株油菜两棵白菜

种在青花大坛里的豌豆苗。

▼

17	18 19
20 21	22 23